Les Archives de l'Université de Nouvelle Souabe

vol. 1

Les Éditions de l'Œil du Sphinx

LES ÉDITIONS DE L'ŒIL DU SPHINX

36-42, rue de la Villette
75019 PARIS, France

tel : (+33)9 75 32 33 55
fax : (+33)1 42 01 05 38
ods@œildusphinx.com

www.œildusphinx.com
boutique.oeildusphinx.com

© 2005 LES ÉDITIONS DE L'ŒIL DU SPHINX
ISBN : 2-914405-22-7
ISSN : 1776-5870 "Le roman populaire explore les Mondes Perdus"
Dépôt Légal : mai 2005

L'illustration de couverture provient de la collection privée de P. Marlin.
Conception et création de cover : www.plaisibook.com

Luc Alberny

LE MAMMOUTH BLEU

Les Archives de
l'Université de Nouvelle Souabe

sous la direction du professeur Tassilo von Töplitz

Cette série, dirigée par un savant dont il n'est plus nécessaire de faire l'éloge ni de vanter les compétences, se donne pour but de rééditer quelques classiques oubliés de la littérature de mondes perdus, en mettant l'accent, dans un premier temps, sur les univers souterrains.

Joseph Altairac

PRÉAMBULE

J'ai sur mon bureau le petit paquet bien matelassé frappé du sceau de l'Université Hörbiger de Nouvelle-Souabe. Délicate attention : sur le timbre figure une magnifique aile volante Horten. Le professeur n'a pas oublié mon goût pour l'aéronautique fantasque…

À l'intérieur, une lettre manuscrite, et un petit volume jaune… en français ! Les frais de traduction seront donc évités, et je devine le sourire de soulagement de Philippe. *Le Mammouth bleu*, roman fantastique, par Luc Alberny, dans la "Bibliothèque du Hérisson", à la Société Française d'Éditions Littéraires et Techniques, dirigée par Edgar Malfère. L'ouvrage a été publié en 1935, à Paris.

Luc Alberny est le pseudonyme du Dr Edmond Astruc, ophtalmologue à Carcassonne, né à Narbonne le 22 février 1890 et décédé à Carcassonne le 23 janvier 1969. Il emprunta son nom de jeune fille à sa femme pour signer une partie de ses oeuvres (remerciements à Jean-Luc Buard, ainsi qu'à Patrick Ramseyer de la Bibliothèque Nationale pour ces renseignements).

Pourquoi ce choix du professeur ? La lettre devrait, en principe, m'éclairer. En principe seulement, car ce savant de la vieille école, véritable encyclopédie vivante des sujets les plus abscons, oublie souvent que ses interlocuteurs ne possèdent pas son immense culture, et daigne rarement se mettre à leur niveau… Attention supplémentaire, la lettre aussi est rédigée dans notre langue. Décidément, le professeur m'aime bien !

"*Jeune homme*

J'apprécie beaucoup l'honneur que vous me faites en me demandant de sélectionner, pour une collection consacrée à la littérature de mondes perdus (de préférence souterrains), quelques-uns des titres que je considère comme les plus marquants, et que les éditeurs, en général aussi ignares que leurs lecteurs, négligent de rééditer. Vous avez fait le bon choix ! Ils vont lire ce qu'ils vont lire, comme on dit dans votre belle langue !

Je connais bien le goût de vos compatriotes pour la romance, alors je me suis dit que vous pourriez commencer par rééditer un roman d'amour ! Cela lancera la collection en gaîté, et vous assurera la fidélité du lectorat féminin.

Mais comme vous le savez, il y a roman et roman. Certains sont plus proches de la réalité qu'on pourrait le penser à la première lecture. Tiens, si je vous disais que, dans celui-ci, l'explication du mystère de la langue basque est la plus convaincante que je connaisse ? Ah ! Si Otto m'avait écouté à l'époque, il ne se serait pas fait balader par ses pseudo-Cathares et aurait cherché au bon endroit ! Mais il était têtu, Otto, et son goût pour la blanquette de Limoux n'a pas arrangé les choses. Il a gobé toutes leurs blagues… Mais c'est du passé.

Et puis, comme vous êtes vous-même d'origine méridionale, je pense que tout cela va bien vous plaire : Millau, le Causse, les Corbières… Le Bugarach ! C'est au Bugarach qu'il faut chercher le secret du Roi du Monde ! René Guénon était un plaisantin ! La Terre creuse ! Mais vous savez tout cela !

Votre tout dévoué,
Herr Doktor Professor Tassilo von Töplitz"

Comme je m'en doutais, la lettre pose davantage de question qu'elle n'en résout. Qui peut donc bien être ce mystérieux Otto, relation de jeunesse du professeur ? De toute évidence, *Le Mammouth bleu* est un roman à clé, et cette dernière ne se trouve pas au fond d'une bouteille. Les Cathares ? Il est certain que Luc Alberny s'y est intéressé. N'est-il pas l'auteur d'un *Retour de Trencavel* (1936) ? Mais aussi d'un roman bien étrange, *Le Glaive sur le monde* (1928), également en rapport avec cette hérésie fameuse, absent, paraît-il, de la Bibliothèque Nationale, comme par hasard. Par contre, je ne doute pas qu'il figure dans celle du professeur Tassilo von Töplitz. On murmure qu'il y serait question d'une société secrète à l'échelle mondiale et du trésor des Wisigoths… Allez savoir !

Mais avant l'énigme du *Glaive*, il faudra résoudre celle du *Mammouth bleu*.

Bonne lecture et bonnes recherches !

Joseph Altairac

PREMIÈRE PARTIE :

UN ÉNIGMATIQUE GÉOLOGUE

— Verrons-nous l'ermite ? demanda Jarain.

— Vous verrez au moins sa tombe. Le dernier ermite de Galamus est mort depuis bien des années.

— Personne n'habite l'ermitage ?

— Personne. Ce pauvre refuge tombe en ruines, et la chapelle de Saint-Antoine n'a plus de serviteur.

Nous étions dans les gorges de Galamus, sur le versant méridional des Hautes-Corbières.

Pelés, arides et réduits en bien des endroits à leur ossature calcaire, les monts de Fenouillèdes dessinent ici la ligne de crête qui sépare le Languedoc du Roussillon.

Le soleil règne, souverain, sur les pentes dénudées. Il cuit les arbustes rabougris, fendille le roc et grise les sèches bestioles qui bruissent, inlassables, dans les buissons épineux.

Une faille gigantesque tranche la montagne. Abandonnant le plateau de Cubières, les eaux de l'Agly s'effondrent dans cette fissure. Perdu dans de vertigineuses profondeurs, laminé entre de formidables à-pics, le torrent fouille le roc, cherchant un passage vers la plaine. Le soleil ne pénètre jamais au cœur de la cluse. Tout au fond, bâillent des gouffres où l'eau prend des teintes lugubres de mercure mort.

Les aigles et quelques grands rapaces explorent seuls ces falaises abruptes. Le paysage serait complètement désertique si l'ermitage de Saint-Antoine, suspendu comme un nid de troglodytes sur l'abîme, ne venait jeter dans cette solitude la note étrange de ses deux pauvres maisons grises.

Une route tortueuse, taillée en corniche dans la partie supérieure des gorges, relie Saint-Paul-de-Fenouillet à Cubières. Elle passe au-dessus de l'ermitage et s'agrippe étroitement à la falaise dont elle creuse le relief farouche.

Nous étions arrêtés à mi-chemin de Cubières. Penché sur le parapet de la route, Jarain contemplait les à-pics qui dévalent d'une seule coulée vers le gouffre insondable de l'Agly.

Géologue distingué et membre de plusieurs Sociétés savantes, Francis Jarain avait parcouru en tous sens la France et une bonne partie de l'Europe. En juillet 1922, profitant d'une courte visite qu'il me faisait en Roussillon, je l'avais entraîné à Galamus.

Il était enthousiasmé par la grandeur de ce paysage dantesque.

— On se sent écrasé, me disait-il, devant la brutale juxtaposition de si rudes contrastes. Là-haut, le soleil éclatant, le triomphe de la lumière... puis, soudain, le gouffre, l'ombre, cette eau qui ronge éternellement le roc, obstinée on ne sait à quelle lourde tâche !

Il s'interrompit un moment et, montrant du doigt l'ermitage :

— ...et l'Homme enfin, arrêté entre la Lumière et l'Ombre, l'Homme qui n'a pas osé s'élever, qui hésite entre le ciel et l'abîme ! L'homme, les traces de l'homme, devrais-je dire, puisque l'ermite n'est plus là !

— L'existence ne serait guère possible dans cette triste retraite. Autrefois, de nombreux pèlerins venaient des villages environnants faire leurs dévotions à la chapelle de Saint-Antoine. Ils laissaient à l'ermite des aumônes et quelques vivres. La tradition s'est perdue. Les fidèles de Galamus sont devenus rares. Le pauvre diable qui revêtirait ici la robe de bure aurait toutes chances de rester solitaire et affamé sur son rocher désert. Cette existence farouche, devant une nature hostile et implacable, aucun être humain, aucun criminel même ne voudrait la vivre !

— Un criminel, non, sans doute. Mais un malheureux, un infortuné qui n'aurait plus aucun amour, aucun espoir, aucune amitié, plus rien enfin, plus rien ?

A ce moment, le son grêle et argentin d'une cloche ébranla les échos de l'abîme.

— La cloche de l'ermitage ! fis-je, très étonné.

— Des visiteurs, sans doute.

Je me penchai sur le précipice. L'appel mystérieux de la cloche continuait à monter vers nous. Je me tournai vers Jarain :

— Nous trouverons plus loin le sentier qui mène à l'ermitage. Venez-vous ?

Au détour de la route, un petit oratoire abritait une très banale statuette de Saint-Antoine.

Tout à côté, nous prîmes un sentier qui descendait dans les chênes nains et les arbousiers. Des ajoncs, des sabines, quelques maigres touffes de genêts épineux végétaient dans les fentes de rochers.

Après quelques lacets très raides, nous nous arrêtâmes un instant dans un petit bois de chênes et de hêtres qui mettaient une tache de verdure dans ces falaises arides.

Le sentier remontait ensuite à découvert jusqu'à l'ermitage. On n'entendait plus la cloche. Nous n'apercevions aucun être humain aux environs. Le soleil brûlait implacablement le roc.

La vie semblait s'être retirée de ce paysage désert.

La porte de l'ermitage était fermée. J'essayai de soulever le loquet, mais la serrure résista.

Je frappai sur le panneau de bois. J'appelai. Aucune voix ne répondit à la mienne.

— Personne ! fit Jarain.

— On a cependant fait sonner la cloche !

Soudain, comme je heurtais plus fort, je perçus le bruit d'un verrou qui glissait dans sa gâche. La porte grinça et s'ouvrit, comme tirée par une main mystérieuse.

Devant nous, s'encadrant dans l'ombre d'un couloir étroit, un homme de haute taille se tenait immobile.

Vêtu d'une austère robe de bure, chaussé de sandales de cuir, il s'appuyait sur une canne ferrée. Son regard s'abritait derrière de grosses lunettes d'écaille. Une corde nouée autour de sa taille soutenait un grand crucifix.

Ma surprise fut telle que je restai un moment sans paroles.

Comme cédant à de vieilles habitudes, l'ermite se présenta :

— Frère Anselme, dit-il.

La voix était rude, un peu fière, l'attitude digne et distante.

— Veuillez nous excuser, dis-je enfin.

Et je me présentai à mon tour :

— Maître Chesnay, avocat à Perpignan.

Puis, désignant Jarain :

— Un de mes amis, le géologue Jarain, que les Hautes-Corbières n'ont pas manqué d'impressionner. L'ermitage était depuis longtemps inhabité. Le son de la cloche nous a fait craindre qu'un étranger ne fût venu commettre quelque déprédation regrettable.

— Il y a si peu de choses à détruire ici ! fit l'ermite d'une voix grave. Mais votre surprise s'explique : je suis à Galamus depuis cinq jours à peine.

L'homme recula un peu.

— Voulez-vous entrer ? dit-il. L'ermitage est ouvert à tous. Si vous le permettez, je vais vous conduire.

Nous suivîmes frère Anselme.

Le couloir débouchait dans une petite cour, sorte de terrasse aérienne qu'un parapet séparait de l'abîme. Un figuier avait poussé dans les rochers, et jetait sur le sol l'ombre de ses larges feuilles.

— Je vais d'abord vous montrer la grotte de Saint-Antoine, nous dit l'ermite. Il existe là une vieille chapelle, bien pauvre, bien primitive, et qui cependant attire depuis plusieurs siècles la dévotion des fidèles.

Nous arrivions à l'entrée d'une vaste caverne. Tout au fond, avait été édifié un autel rustique, surmonté d'une statue de bois grossière et naïve.

— Saint-Antoine l'Ermite, expliqua frère Anselme. C'est à lui qu'est dédié ce modeste sanctuaire.

Derrière l'autel, une citerne, alimentée par les infiltrations de la voûte, assurait la provision d'eau de l'ermitage. De mauvaises peintures très abîmées étaient suspendues au rocher.

Jarain ne paraissait s'intéresser aucunement à cette chapelle de troglodytes. C'était la personne de l'ermite qui captait son attention. Son regard se fixait, étonné, sur la robe de bure, les sandales et le grand crucifix de frère Anselme.

Au sortir de la caverne, nous montâmes jusqu'aux deux pauvres masures enfouies sous la falaise, et qui constituaient le logement de l'ermite.

Frère Anselme nous fit visiter la modeste chambre qu'il avait meublée d'un escabeau, d'une table et d'un sac de couchage posé sur des herbes sèches.

Les murs étaient maculés d'inscriptions laissées par des visiteurs pendant la période où l'ermitage, abandonné, avait servi d'asile temporaire à des vagabonds, des chasseurs ou des amoureux : "Jeanne aime Louis", "Les trois de Cubières", "A toi toujours, Lucie", etc.

Mais les yeux de l'homme ne voyaient pas ces banales pauvretés. La fenêtre était ouverte, et le regard de frère Anselme était fixé sur le rocher nu, qui, de l'autre côté de l'abîme, dressait vers le ciel ses fantastiques escarpements.

J'examinai à mon tour l'ermite.

D'une taille au-dessus de la moyenne, il se tenait droit, ferme, comme s'il voulait jeter à cette nature implacable quelque obscur et douloureux défi. Les traits du visage étaient fortement marqués. Un nez aquilin, bien racé, s'abaissait sur des lèvres fines, creusées aux angles d'un pli amer. Le menton était net et volontaire. Cette physionomie hautaine se trouvait dominée par un front splendide, impérieux, mais raviné de profondes rides, comme une terre bouleversée par un terrible orage. Les cheveux, rejetés en arrière, découvraient largement cette face tourmentée et pathétique.

Frère Anselme s'arracha enfin à sa méditation douloureuse, et son regard, abandonnant le rocher hostile, erra, un moment désabusé, sur les murs de sa pauvre demeure.

— Pensez-vous rester longtemps à Galamus ? demandai-je.

— Je pense rester toujours. Le dimanche, et peut-être un jour ou deux dans la semaine, j'assisterai aux offices à Saint-Paul-de-Fenouillet ou à Cubières. A part cela, ma vie doit se dérouler ici.

La voix était neutre, volontairement indifférente.

— Le seul fait de vivre, objectai-je, représente un minimum d'exigences auxquelles, dans ce lieu désert, il vous sera difficile de satisfaire.

— La tradition ramènera des visiteurs à l'ermitage. Le culte de Saint-Antoine n'est point mort. J'ai aussi, ajouta-t-il plus bas, quelques ressources très modestes.

Je n'osai interroger davantage.

Frère Anselme nous conduisit ensuite sur le bord de la falaise, auprès d'une dalle de pierre incrustée dans le sol.

— Voici, dit-il, la tombe de l'ermite Pierre. Ce bienheureux a vécu longtemps à Galamus. La population le révérait comme un saint. Il est mort à l'ermitage au cours d'un hiver rigoureux. Vous verrez plus bas les traces d'un petit jardin qu'il avait essayé de créer. La terre est rare sur ces pentes abruptes.

— Il ne faut pas se décourager. Pourquoi n'essayeriez-vous pas vous-même ?

— Peut-être, oui... Je ne sais pas encore... Et puis, j'ignore tout cela... J'apprendrai. Il faudra bien apprendre !

Jarain conservait son attitude bizarre. Il n'avait pas prononcé une parole.

Nous revînmes vers le mur d'entrée.

En passant devant la chapelle, l'ermite s'arrêta :

— J'ai voulu reprendre la tradition du livre des visites. Vous êtes les premiers à venir jusqu'à moi. Vous allez inaugurer ces pages.

Il me tendit un cahier à couverture de toile, et, sur le premier feuillet, j'écrivis :

"Jacques Chesnay, avocat à Perpignan."

Je passai la plume à Jarain, mais je le vis hésiter. Il s'était tourné vers l'ermite et le fixait d'un regard étrange, dans lequel je sentais vibrer une curiosité exacerbée.

Frère Anselme restait impassible.

Enfin, Jarain prit la plume et, au-dessous de mon nom, écrivit :

"Francis Jarain, membre de la Société de Géologie, secrétaire de la Revue Française."

Puis il donna le cahier à frère Anselme.

Le regard de l'ermite effleura la page. Il me sembla que les rides de son front se creusaient encore plus profondes.

Un silence pénible s'établit. J'étais intrigué par le mystère que je sentais se glisser autour de nous.

Frère Anselme avait déposé le cahier.

— Mon ami Jarain rentre à Paris, lui dis-je, et ne reviendra pas de longtemps à Galamus. Mais il m'arrive de passer quelquefois par les Hautes-Corbières. J'aurai l'occasion de vous revoir. Me permettez-vous, en attendant, de vous faire parvenir des journaux ou quelques livres ?

— J'ai l'intention de vivre ici dans la retraite la plus stricte, répondit frère Anselme. Depuis longtemps, j'ai cessé de lire. Livres et journaux ne m'intéressent plus.

Jarain ne put réprimer un mouvement d'impatience.

— Pas même les Annales de Spéléologie ? interrogea-t-il brusquement.

C'était la première phrase qu'il prononçait depuis notre arrivée à l'ermitage. Je restai surpris du ton presque agressif sur lequel fut posée cette question inattendue.

Frère Anselme s'appuya un peu plus fort sur sa canne ferrée.

— Non. Pas même, fit-il d'une voix sourde.

Il nous accompagna jusqu'à la porte et la referma lentement.

Jarain s'arrêta un instant, comme retenu par un regret. Puis il dévala vers le petit bois de chênes.

Je l'eus bientôt rejoint, et tout de suite je questionnai :

— Vous m'avez intrigué au plus haut point. Votre attitude envers cet ermite...

— L'ermite ! s'écria Jarain. L'ermite ! Frère Anselme !... Savez-vous qui est frère Anselme ?

— Vous connaîtriez cet homme ?

— Ne l'avez-vous pas compris ? Frère Anselme ! L'ermite de Saint-Antoine !... Mais, frère Anselme n'est autre que le géologue Vernon !

— ...

— Vernon ! André Vernon ! Le créateur de la Spéléologie scientifique, l'auteur de la Nouvelle Géogénie des grands reliefs terrestres !

— Vernon ! Le grand explorateur de cavernes ?

— Précisément ! André Vernon, arrivé, honoré, célèbre déjà... puis disparu voici près d'un an, disparu, perdu... et retrouvé ici à Galamus, dans la personne de ce frère Anselme énigmatique !

— Êtes-vous bien certain ?

— Je ne conserve aucun doute. Vernon nous donna, en 1920, à la Revue Française, une série de conférences sur les "avens" des Causses. Il venait à peine de quitter la province et se révélait comme le spéléologue le plus génial de notre époque. La Revue Française m'avait chargé de l'organisation matérielle de ces conférences. A maintes reprises, j'ai vu Vernon de très près... Et frère Anselme m'a certainement reconnu, surtout après les indications que j'ai consignées sur le livre des visites.

— Mais il a préféré vous ignorer.

— C'est bien ce que j'ai cru comprendre. Vernon a brisé avec son passé. Il ne lit plus ! Avez-vous entendu ? Rien ne l'intéresse ! Rien ! Pas même ces Annales de Spéléologie qu'il avait fondées, et dont il assurait la direction scientifique !

"A vrai dire, on l'avait toujours considéré à Paris comme un savant de caractère bizarre. Il devait présenter, en octobre 1921, à la Société de Géologie, une communication sur les abîmes du Vercors. Or, à cette date, la Société de Géologie attendit vainement Vernon. Ses amis étaient sans nouvelles de lui depuis deux mois. On fit effectuer des recherches. Les milieux scientifiques s'inquiétèrent quelque temps... Et puis... l'attention des Parisiens ne se fixe pas longtemps sur la même personnalité... Oublié... disparu... perdu dans le tourbillon !

— Cette disparition daterait d'un an, dites-vous ? Mais l'ermite n'est ici que depuis quelques jours.

— Évidemment. Que s'est-il passé dans l'intervalle ? C'est ce que ni vous ni moi ne saurons probablement jamais.

Nous remontions, dans les arbousiers et les genêts, par le sentier qui mène à la route.

— L'histoire de cet ermite m'intrigue, dis-je à Jarain. Sans doute il semble difficile de découvrir les raisons qui ont amené frère Anselme, ou, si vous préférez, André Vernon, à chercher un asile à Galamus. Nous pourrions tout de même avoir quelques indications. Je connais le curé de Cubières dont dépend l'ermitage. J'ai plaidé jadis pour lui une petite affaire : une maigre succession que lui disputaient des parents rapaces...

— Intéressé, votre curé ?

— Certes non. Tout ce qu'il avait passait à ses pauvres ouailles. Il élève maintenant des abeilles. Chaque année, je reçois vers Pâques un colis de miel de Cubières. L'abbé tient à me montrer qu'il n'oublie pas le service rendu. Je serais curieux de le revoir. Il nous dirait ce qu'il sait sur frère Anselme.

— Il ne vous dira peut-être rien du tout, répliqua Jarain. Ces consciences ecclésiastiques sont bourrées de prudence et de scrupules. Mais votre curé apiculteur m'intéresse, et si Cubières n'est pas loin ...

— Quelques kilomètres à peine. Nous remonterons ainsi jusqu'à l'entrée des gorges.

*
* *

Cubières est le village le plus déshérité des Hautes-Corbières. De tristes pâturages et de pauvres cultures permettent à quelques familles d'y subsister. L'agglomération mériterait à peine le nom de hameau, si la présence de l'église et de l'école ne faisaient de ces maisons le centre de la vie communale pour la haute vallée de l'Agly.

Comme nous arrivions devant l'église, des canards bruyants, de maigres volatiles, et quelques enfants sales barbotaient dans une mare. Ils s'écartèrent, intimidés.

Je frappai à la porte du presbytère. C'était une maison à demi ruinée de vétusté.

J'entendis à l'intérieur un bruit de sabots. Avec une sage lenteur, la porte s'entr'ouvrit et je vis apparaître le visage ridé et méfiant de la vieille Martine, que j'avais connue autrefois au service de l'abbé. Elle était déjà corpulente, à cette époque, mais elle me parut épaissie. Son impressionnante armature devait la faire respecter des mauvais gaillards de la région.

Elle me reconnut tout de suite.

— Ah ! moussu Chesnay ! s'écria-t-elle. Et que voilà donc une chance ! C'est moussu le curé qui sera content !

— Je vois que vous vous portez toujours bien, Martine.

— Faut s'entretenir un peu, Seigneur Jésus ! Ce n'est pas comme l'abbé, le pauvre cher homme !

— Que devient-il, l'abbé ?

— A ses ruches, moussu Chesnay, à ses ruches ! Il s'en laisserait quasiment mourir de faim, il y a des jours.

— Les mœurs des abeilles, Martine, ont passionné de grandes intelligences.

— Eh ! que ce n'est pas de la passion, moussu Chesnay ! Mais il faut vivre, savez-vous. Les abeilles, en voilà de braves petites bêtes ! Et que sans elles...

— Les paysans ne sont pas généreux ici ?

— Généreux ! Des rien du tout qu'ils sont ! Tous plus pauvres les uns que les autres ! Et puis, pauvre moussu le curé ! Faut encore que je défende la maison contre tous les mendiants de la terre !

Au fond du couloir, une porte venait de s'ouvrir. Une longue et maigre silhouette se profila dans le soleil. Vêtu d'une soutane élimée et portant un soufflet à enfumer les ruches, l'abbé Laugé s'avançait.

— Visite inattendue, n'est-ce pas, monsieur l'abbé ?

— Monsieur Chesnay !... Ah ! la bonne surprise ! Voyons, Martine, faites donc entrer.

Martine ouvrit la porte d'une petite pièce qui servait de bureau et de salle à manger.

Je présentai Jarain à l'abbé :

— Monsieur Jarain. Un de mes meilleurs amis, et en même temps un éminent géologue.

— Ah ! fit l'abbé, surpris, vous vous occupez aussi...

Puis, comme pris par une idée subite :

— Avez-vous visité les gorges ?

Je contai notre arrivée à Galamus et notre surprise de trouver l'ermitage habité.

— Frère Anselme est là depuis quelques jours, expliqua l'abbé.

— Vous voilà nanti d'un nouveau paroissien.

— Pas moi personnellement. Quoique plus rapproché de Cubières, l'ermitage est rattaché au doyenné de Saint-Paul. Frère Anselme est cependant venu me voir. Nous avons même parlé longuement.

Il s'arrêta, comme craignant de s'être avancé sur un terrain dangereux.

— Nous avons parlé abeilles, reprit-il un peu gêné. J'avais eu autrefois l'idée d'installer un rucher à Galamus. L'endroit semble propice. Cela donnerait à l'ermite une occupation... et même quelques moyens d'existence. La vie est dure dans ces montagnes. Ici même, à Cubières, il faut avant tout compter sur soi. Le pays est si pauvre !

— Martine nous a dit.

La physionomie de l'abbé se fit encore plus pitoyable.

— Et frère Anselme, continua-t-il, paraît si peu soucieux de ce qui présente un intérêt matériel. Je crains qu'il n'arrive pas à subsister là-bas. Je l'aiderai un peu, mais je suis moi-même très limité !

— Savez-vous d'où peut être venu à cet homme un tel amour de la vie solitaire ?

L'abbé eut un geste évasif.

— Je ne possède sur ce point aucun renseignement officiel.

— On n'a pas dû cependant vous laisser ignorer le passé de frère Anselme.

— Je connais évidemment... quelques détails...

— ...sur lesquels, monsieur l'abbé, vous préférez sans doute garder le silence.

L'abbé se défendit mollement :

— Comme les avocats, déclara-t-il, les prêtres ont leur code moral. L'exercice de notre ministère peut nous amener à surprendre certains secrets, qu'il est de notre devoir d'oublier. Vous me connaissez trop, monsieur Chesnay, pour ne pas savoir que, si je pouvais...

— Et vous ne pouvez pas, nous le comprenons bien, monsieur l'abbé, vous ne pouvez pas nous dire que l'ermite... est le géologue André Vernon.

L'abbé recula, un peu décontenancé.

— Nous ne voulons pas vous arracher votre secret, monsieur l'abbé, croyez que notre curiosité saura respecter la retraite de frère Anselme.

— Un pauvre homme, fit l'abbé Laugé, un bien pauvre homme ! Si vous savez, si vous croyez savoir, faites à ce malheureux l'aumône d'un oubli. Il faudrait à cette âme beaucoup de paix.

— Nous avons reconnu Vernon tout à fait par hasard. M. Jarain a été en relations personnelles avec lui, à Paris.

L'abbé hochait la tête silencieusement.

— Je ne puis rien vous dire, fit-il encore. Vous devez comprendre cependant. Une triste destinée... Un malheur épouvantable, surhumain peut-être... Excusez-moi, messieurs, je n'ai pas le droit...

— Vous êtes tout excusé, monsieur l'abbé. Ne parlons plus de cet énigmatique frère Anselme. Nous étions venus vous voir dans un autre but. Mon ami serait très curieux de visiter vos ruches.

Le visage du prêtre s'éclaira.

— Les ruches ! ah ! oui, voulez-vous vraiment ? Les abeilles ! De si bonnes ouvrières !

Nous passâmes dans le couloir, et l'abbé ouvrit la porte du jardin.

— Voici mon domaine, fit-il, voici la paix, le calme !

C'était un petit jardin de curé, soigné avec amour et cultivé jusqu'à la moindre parcelle.

Dans le fond, des ruches s'alignaient, régulières, à l'abri d'un mur. A cette vue, Jarain manifesta quelque inquiétude.

— N'ayez crainte, monsieur. Mes pensionnaires ne vous feront aucun mal.

L'abbé avançait vers les ruches, et les abeilles volaient autour de lui. Travailleuses acharnées, elles apportaient au presbytère le butin recueilli sur les fleurs de la montagne.

— Le voilà, l'ermitage de rêve, le délicieux ermitage, me dit Jarain.

Je me rapprochai de l'abbé.

— Votre presbytère séduit nos âmes de citadins, monsieur l'abbé. Quelle simplicité ! Quel calme ! Et comme on accepterait vite vos abeilles et ce jardin enchanteur !

— Toutes les heures ne sont pas aussi paisibles, fit l'abbé.

Il resta un moment silencieux, puis, d'une voix attristée :

— Je suis prêtre avant tout. Il n'y a pas que les abeilles... Il y a aussi les hommes !... Et il est des âmes d'hommes qui sont si tristes, si pantelantes, si délabrées...

Nous comprenions que l'abbé songeait à celui qui, là-bas, suspendu sur l'abîme, perdu dans son affreuse solitude, essayait d'oublier peut-être... et peut-être ne pouvait !

Nous revînmes, silencieux, vers le presbytère.

L'abbé semblait gêné.

— Vous allez trouver bizarre, dit-il, une question que je désirerais vous poser. Je m'intéresse peu aux choses de la science. Cependant, le hasard, les circonstances... Vous m'avez présenté M. Jarain comme un géologue distingué. Alors je pense pouvoir me permettre...

— Questionnez, monsieur l'abbé, questionnez donc.

— Eh bien ! je voudrais demander à M. Jarain ce qu'il pense de la grotte de Fauzan.

Je restai sans comprendre, mais Jarain avait eu un mouvement de surprise.

— Fauzan ! fit-il très intrigué. Vous occuperiez-vous de préhistoire ?

— Euh !... Non !... répondit l'abbé. C'est-à-dire... J'ai lu... J'ai appris plutôt... Enfin oui, je pensais...

Il se troublait, balbutiait presque, regrettant visiblement d'avoir parlé.

Jarain eut pitié de cet embarras.

— Fauzan, reprit-il. Que voyez-vous là de si extraordinaire ? Est-ce la question "phosphate" ou la question "mammouth" qui vous intéresse ?

Ce fut à mon tour de marquer de l'étonnement :

— Il y aurait une question "mammouth" à propos de Fauzan ?

— Ah ! vous ignoriez ? fit Jarain. Vous ne vous doutiez pas que tout près de vous, à la limite nord du département de l'Aude, la grotte de Fauzan pose un des problèmes les plus passionnants de la préhistoire. Vous ne lisez pas assez, mon cher Chesnay, et M. le curé de Cubières (la voix de Jarain s'était faite ironique) s'intéresse plus que vous aux théories et aux hypothèses de la science.

— Un simple hasard, protesta l'abbé... Nous sommes obligés parfois...

— Je comprends, monsieur l'abbé. Peu importe d'ailleurs. Cela ne change rien à la question. Eh bien ! Fauzan, du moins certains géologues le prétendent, est une immense nécropole de mammouths.

— Une nécropole de mammouths ! M'exclamai-je.

L'abbé Laugé restait silencieux. Il était devenu très pâle.

— La Société des Engrais phosphatés, expliqua Jarain, exploite, dans la grotte de Fauzan, des gisements de phosphates dont l'origine reste assez énigmatique. Cette grotte est considérée comme un immense ossuaire préhistorique. Elle contient des quantités énormes d'ossements réduits aujourd'hui à l'état de poussière, et dont l'accumulation forme précisément les gîtes de phosphates en question.

— Et ces ossements... ?

— ...sont des ossements de mammouths. Dans les couches supérieures, on trouve de l'*Ursus spœleus* et des coprolithes, mais la base du gisement est formée par du mammouth pur, assez malaisément identifiable d'ailleurs, étant donné l'état quasi pulvérulent des squelettes. Dès lors, la question est de savoir comment, en ce lieu et pas ailleurs, il est venu mourir une aussi grande quantité de ces énormes pachydermes.

— C'est cela ! fit l'abbé, c'est cela !

— L'hypothèse la plus vraisemblable est que l'on se trouve en présence d'un cimetière de mammouths. La question des "cimetières d'éléphants" n'est d'ailleurs pas nouvelle. Différents explorateurs prétendent avoir rencontré de pareilles nécropoles dans la forêt équatoriale.

— Oh ! la forêt équatoriale ! me récriai-je.

— Un peu loin pour vérifier, peut-être. Mais rien ne vous empêche d'aller à Fauzan et de visiter la grotte. L'endroit est bien connu et facilement accessible.

L'abbé écoutait, attentif. Je comprenais de moins en moins l'intérêt que ce modeste prêtre pouvait porter à des questions aussi singulières.

— Voilà ce que je puis vous dire sur Fauzan, continua Jarain. Je dois avouer que, personnellement, je ne connais pas la grotte.

— Vous croyez ainsi que les mammouths enterraient leurs morts ? Questionna encore l'abbé.

— C'est ce point qui vos préoccupe ! s'étonna Jarain. J'aurais plutôt pensé... Eh bien ! Sur les mœurs des mammouths, nous ne connaissons évidemment rien de précis, mais, pour ce qui est de l'*Elephas africanus*, je vous disais que des explorateurs croyaient à cette coutume. Cela indiquerait une ébauche de civilisation, une sorte de culte des morts, culte assez inattendu chez des animaux que nous sommes habitués à considérer comme des êtres très inférieurs.

— Cette question est troublante, fit l'abbé. J'avais entendu parler de ces nécropoles mystérieuses, mais je ne pensais pas que Fauzan...

— Vos sources d'information étaient sans doute insuffisantes, monsieur l'abbé.

Jarain regardait le prêtre avec curiosité. On sentait qu'il aurait voulu interroger, savoir comment le curé de Cubières avait pu être ainsi amené à étudier les mœurs des mammouths.

L'abbé, visiblement gêné, cherchait maintenant à mettre la conversation sur un autre sujet. Jarain semblait perplexe. Le temps nous manquait pour prolonger cet entretien. Je crus sage de prendre congé.

— Nous devons être ce soir à Perpignan, dis-je à l'abbé. Excusez-nous d'écourter notre visite. Si quelque affaire vous amène dans la plaine, ne manquez pas de venir me voir.

Je n'oubliai pas de saluer l'importante Martine.

Comme nous arrivions sur le seuil de la porte, le visage de l'abbé s'assombrit. Il hésita un moment, puis :

— Et pour... frère Anselme ? interrogea-t-il enfin.

Je me hâtai de calmer cette inquiétude.

— Nous garderons le secret, c'est entendu.

— Oh oui ! je vous en prie. Pour lui surtout... pour lui... Une détresse profonde, lamentable, indicible, comprenez-vous, indicible !

*
* *

Nous avions pris la route de Soulatge, et, comme nous montions vers le col de Cubières, je mis la conversation sur cet étrange problème de Fauzan.

— C'est le cimetière de mammouths qui vous étonne ? me demanda Jarain.

— Une pareille hypothèse est déconcertante.

— Croyez cependant qu'il n'existe pas de meilleure explication. La grotte de Fauzan comprend un système de vastes galeries souterraines dont le sol est formé par des phosphates qui s'amoncellent par endroits sur plusieurs mètres d'épaisseur. Ces gisements représentent une quantité considérable de squelettes, plusieurs milliers de mammouths pour le moins.

— Peut-être un cataclysme inattendu...

— Le déluge quaternaire aurait pu cerner quelques grands pachydermes dans cette grotte, ou tout au moins y déposer leurs cadavres. On expliquerait ainsi la présence d'une centaine de squelettes. Mais c'est par milliers qu'il faut compter ! Songez qu'une honorable Société minière consacre toute son activité à l'exploitation de ce lugubre ossuaire.

"Je n'ai jamais approfondi la question, mais je crois que l'hypothèse d'une nécropole, d'une vaste nécropole de mammouths, est la seule logique. L'idée surprend au début. Nous sommes habitués à nous considérer comme les seuls êtres raisonnables de la création. Eh bien ! C'est une habitude à perdre. L'*Elephas primigenius*, le mammouth si vous préférez, a régné en maître pendant des siècles sur le monde quaternaire. Il n'est pas impossible qu'il soit arrivé à un certain degré de civilisation.

"Ce qui paraît plus étrange, c'est que la question de Fauzan ait été soulevée aujourd'hui devant nous par un simple curé de campagne. L'abbé Laugé semble suffisamment occupé par ses ruches et ses pauvres ouailles sans aller s'attarder à l'étude des animaux quaternaires.

— Au point de vue religieux, ces cimetières de mammouths présentent peut-être quelque intérêt.

— L'abbé a essayé de nous donner le change. Mais ce n'est pas ce côté de la question qui le préoccupe. Avez-vous remarqué sa gêne lorsqu'à plusieurs reprises j'essayai de mettre la conversation sur les circonstances qui avaient pu l'amener à s'occuper de Fauzan.

"Je brûlais du désir de poser une interrogation directe. Je n'ai pas insisté. L'abbé n'aurait rien dit... parce qu'il ne peut rien dire ! Dans l'isolement intellectuel où vit à Cubières l'abbé Laugé, une seule personne peut lui avoir parlé de Fauzan et de ses mammouths.

— Je ne devine pas.

— Mais Vernon, pardieu ! André Vernon ! Frère Anselme ! Comme tous les géologues, Vernon est parfaitement documenté sur les questions soulevées par la présence de cet ossuaire.

— Vernon, oui, en effet... Mais pourquoi Vernon aurait-il entretenu de ces faits le curé de Cubières ?

— Voilà précisément le mystère. Ce n'est pas une controverse scientifique qui s'est tenue entre Vernon et l'abbé. Ce prêtre et cet ermite ne doivent pas manquer de sujets de conversation autrement graves. Le curé de Cubières a sans doute entendu frère Anselme en confession.

— Peut-être, mais je ne vois pas en quoi les mammouths de Fauzan... Que pensez-vous donc ?

Jarain haussa les épaules.

— Rien ! répondit-il. Rien ! L'abbé n'a voulu rien dire.

— Alors ?

— Alors, la vérité, nous ne la connaîtrons sans doute jamais. La vérité, c'est le secret de frère Anselme.

*
* *

Nous rentrâmes le soir à Perpignan, et Jarain repartit quelques jours après pour Paris.

Repris par mes occupations professionnelles, j'avais complètement oublié l'ermitage, les mammouths de Fauzan, et mon ami le curé aux abeilles, lorsque, le 2 septembre, en parcourant le journal, mon attention fut attirée par un article inséré en tête de la chronique départementale.

LE MYSTÈRE DE GALAMUS. LA DISPARITION DE L'ERMITE. CRIME OU FUGUE. LA JUSTICE ENQUÊTE.

Je lus aussitôt les premiers détails :

Des paysans de Cubières, étant descendus le 30 août à l'ermitage, avaient trouvé la porte ouverte, la chambre de l'ermite bouleversée, et le logis désert. Les papiers de frère Anselme étaient dans le plus grand désordre.

Les premières recherches faites pour retrouver l'ermite n'avaient donné aucun résultat. La gendarmerie procédait à une enquête.

Au Palais, je ne pus obtenir de renseignements plus précis. La plupart de mes confrères ignoraient qu'un nouvel ermite fût venu se retirer à Galamus.

Le lendemain, j'appris que la gendarmerie de Saint-Paul avait arrêté un vagabond suspect. On avait trouvé sur lui une montre en or de grande valeur. Le maire de Saint-Paul déclarait reconnaître ce bijou pour l'avoir vu entre les mains de frère Anselme. La seule richesse que possédait l'ermite, disait-on.

Interrogé, le vagabond finit par avouer qu'il s'était effectivement arrêté à Galamus. Il était descendu à l'ermitage, avait trouvé les portes ouvertes, et, sur la table de l'ermite, cette montre dont il s'était emparé. Il reconnaissait avoir fouillé les papiers de frère Anselme dans l'espoir de découvrir quelque argent, mais il se défendait énergiquement d'avoir vu l'ermite. L'ermitage était désert, déclarait-il, absolument désert.

Ce récit parut suspect. L'homme fut arrêté. On envoya aussitôt le signalement de l'ermite aux gendarmeries de la région, mais les recherches faites de ce côté furent infructueuses. La présence de frère Anselme ne fut signalée nulle part. L'hypothèse d'une fugue s'avérait chaque jour de plus en plus improbable. D'autre part, le désordre qui régnait à l'ermitage et la fameuse montre trouvée entre les mains de Rudeau étaient de rudes charges contre le vagabond. Il ne semblait que trop facile de reconstituer les faits : Rudeau, soupçonnant frère Anselme de posséder quelque argent, n'avait sans doute pas reculé devant un crime. Il avait dû faire disparaître le cadavre en le jetant dans les gorges inexplorables de l'Agly.

L'homme eut beau protester, s'indigner, il fut accusé de meurtre et transféré à la prison de Perpignan.

L'enquête fut confiée à un jeune magistrat, nouvellement promu à Perpignan, le juge Etchepare.

D'origine basque, Etchepare s'occupait beaucoup de linguistique. Il s'était signalé par de nombreux travaux sur la langue euscarienne. Cette question l'absorbait à un tel point qu'il en oubliait parfois les affaires dont il était chargé.

Je fus le voir, me proposant de lui révéler ce que je savais sur frère Anselme, mais, dès que je lui parlai de Galamus, il refusa d'écouter mes explications.

— Je me désintéresse absolument de cet ermite, me déclara-t-il. Quelle nécessité éprouvait cet homme de se retirer à Galamus ?

"Ne pouvait-il chercher le calme et l'isolement dans une bonne et solide bibliothèque et s'y adonner à de savantes études ? Songez au mystère qui enveloppe les origines de la langue euscarienne. N'y a-t-il pas là de quoi occuper l'existence d'un homme, et ne peut-on, avec cette idée, libérer son esprit du milieu ambiant ? Ne me parlez plus de cet ermite !

— Parlons alors du vagabond, de l'assassin présumé. A-t-on établi son identité ?

— Il s'appelle Rudeau, Jean-Philippe Rudeau. La reconstitution de son casier judiciaire est une question de jours. Elle est rendu difficile par l'obstination que met Rudeau à garder le silence le plus absolu sur ses antécédents. Je n'ai pas encore eu le temps de l'interroger. Il faut, d'ailleurs, désigner un avocat d'office.

— Je venais précisément vous voir à ce sujet.

— Vous voudriez...

— ... me charger de l'affaire Rudeau.

— Faveur qui ne vous sera pas disputée. Je vais faire le nécessaire. Mais puis-je vous demander ce qui vous a si fort intéressé chez ce vagabond ?

— Ce n'est pas Rudeau qui m'intéresse.

— Alors ?

— C'est Vernon.

— ...

— L'ermite s'appelle Vernon. Vous ignorez peut-être ce détail ?

— Excusez-moi. Cette affaire est tellement banale. Je n'ai pas examiné le dossier. Je suis très pris en ce moment. Vous savez que la langue basque, l'escuara si vous préférez, est la seule langue de l'Europe basée sur le principe de l'agglutination.

— ...

— Eh bien ! j'ai découvert que certaines formes agglutinantes de l'affixe *aren* suivent les mêmes règles que celles appliquées à l'affixe *har* dans les langues draviriennes de l'Inde. Cette question présente un intérêt considérable. On savait déjà que les langues du rameau ouralo-altaïque...

— Je ne veux pas, monsieur Etchepare, dénier l'attrait de pareilles études, mais d'autres problèmes sont au moins aussi passionnants. Les recherches que vous pourriez faire sur la personnalité réelle de l'ermite Vernon vous ménageraient, je crois, des surprises sensationnelles.

Le juge haussa les épaules, puis, avec la marque d'une condescendance polie :

— Le rapport de la gendarmerie doit suffisamment traiter de cette question.

Il prit un dossier sur son bureau :

— Vernon, oui, c'est bien cela... André Vernon. Ah ! je vois... l'homonymie est évidemment bizarre... L'état civil va nous donner des précisions.

Il tourna un feuillet.

— L'état civil... Voici... André Vernon, né à...

Il s'était arrêté.

— Vraiment ! s'écria-t-il, ceci devient une gageure !... Né à Ustaritz, en pays basque !... Ustaritz, la patrie de...

La physionomie d'Etchepare marquait l'effarement le plus complet.

— Maître Chesnay !

— Eh bien ?

— Mais cet ermite...

— Je vous disais que ce malheureux finirait par vous intéresser.

— Cet ermite...

— Eh oui ! triomphai-je. Vernon, le célèbre Vernon. Pas un homonyme quelconque, mais André Vernon lui-même, le spéléologue dont les Sociétés Savantes ont signalé l'an passé la disparition. Comprenez-vous maintenant pourquoi je m'intéresse si fort à ce que vous appeliez, il y a quelques instants, l'affaire Rudeau ?

Le magistrat restait sans paroles, ébahi, stupéfait.

Je lui racontai notre récente excursion à Galamus, et comment Jarain avait découvert la véritable personnalité de l'ermite.

— Nous ignorions, il est vrai, un point assez particulier dans cette affaire : les origines basques de Vernon.

Etchepare ne me laissa pas achever.

— Vous ignoriez... fit-il. Mais André Vernon est de pure origine euscarienne ! Sa mère était une Irizarte, monsieur, la propre fille du grand poète Irizarte d'Ustaritz, une famille avec laquelle je suis lié par une proche parenté. Vernon vint s'installer plus tard près de Millau. Mais la maison natale des Irizarte-Vernon est à Ustaritz, dans cette province du Labourd qui est le cœur du pays basque.

Il s'arrêta un moment, comme s'il cherchait à saisir les nouvelles données du problème.

— Vernon, reprit-il, le géologue Vernon !... Retrouvé dans ces banales Corbières...

Il était anéanti comme devant une catastrophe.

— Un esprit aussi cultivé... aussi profond !

Soudain, son visage s'assombrit. D'un geste brusque, il parut ressaisir son énergie. Il avait trouvé enfin à qui s'en prendre, et, sur le ton d'une animosité agressive :

— Savez-vous, maître Chesnay, que ce vagabond, ce Rudeau, est un sinistre assassin !

— Vous le traitiez tout à l'heure avec plus d'indulgence.

— Un assassin, vous dis-je, une brute ignoble ! Nous le guillotinerons, maître Chesnay, nous le guillotinerons !

— Vous permettrez tout de même au jury d'entendre ma plaidoirie.

— Vous persistez à vous occuper de ce bandit ! Je tiens à vous avertir. Vous allez assumer une tâche difficile. Je sais ce que je dois à la mémoire de notre grand poète Irizarte. Ce Rudeau ! Assassiner ainsi... ! N'attendez de moi aucune faiblesse, maître Chesnay, aucune complaisance. Je serai cruel, s'il le faut, inexorable !

J'eus beaucoup de peine à calmer ce bouillant magistrat.

Je comprenais que l'instruction de l'affaire allait être menée avec célérité, et je décidai d'entrer aussitôt en contact avec mon minable client.

*
* *

Je fus voir "l'assassin" à la prison.

Jean-Philippe Rudeau était décidément un triste personnage. Il se refusait à converser avec quiconque, se bornant à crier son innocence et à injurier copieusement ses gardiens.

Il avait réclamé un avocat, parce que c'était son droit, me déclara-t-il, d'em... à son tour quelqu'un. Mais, à son avis, les hommes de loi, avocats ou juges, étaient tous des bandits.

J'eus beaucoup de peine à obtenir de lui quelques renseignements, mais j'étais trop intéressé par cette affaire pour ne pas chercher à savoir. Chaque jour, je vins m'installer patiemment dans la cellule de Rudeau. Je finis par recueillir les aveux de cet irascible vagabond.

Aveux très relatifs d'ailleurs. L'homme était une redoutable brute qui vivait sur les routes depuis sa plus lointaine jeunesse. Il avait quitté la maison paternelle à la suite d'une querelle. Depuis, à la faveur de rapines, et quelquefois d'un peu de travail, il assurait péniblement sa subsistance.

Son emprisonnement menaçait de réveiller plusieurs affaires dans lesquelles il avait eu maille à partir avec la justice. Cette perspective le rendait furieux.

Quant à avoir assassiné l'ermite, il s'en défendait avec la dernière énergie. Il me fit le récit qu'il avait fait à la gendarmerie de Saint-Paul : son arrivée à l'ermitage ; la porte était ouverte ; il était entré, avait dévoré d'abord quelques maigres provisions ; aucune trace de l'ermite ; sur la table, la fameuse montre en or... Avait-il été mal inspiré de se saisir d'un objet aussi compromettant ! Mais il n'y avait plus rien, plus rien à prendre. Fallait-il partir bredouille !... Il avait fouillé les papiers, renversé la paillasse... Rien ! Rien !... Cet ermite était le dernier des gueux... Et il l'aurait tué encore ! Mais pourquoi enfin ? Pourquoi ? Pénétrer en cachette dans les fermes, puiser dans un bas de laine, tordre le cou à quelque volaille, cela était de son ressort !... Mais tuer !... Tuer pour voler une montre !... Ah çà ! le juge le prenait-il pour un empoté, lui, Rudeau, qui "tenait la route" depuis vingt ans !

Je passai quelques jours à réfléchir à ce que m'avait dit Rudeau. Je fus voir le brigadier de gendarmerie qui l'avait interrogé lors de son arrestation. De toute évidence, la thèse de l'assassinat n'était étayée sur rien de précis.

Je revins alors chez le juge Etchepare. J'essayai de lui faire admettre l'innocence possible de mon peu sympathique client.

Mais Etchepare venait de recevoir sur Rudeau des renseignements déplorables. On le recherchait à Bayonne pour une grave histoire de contrebande. A Saint-Girons, il était compromis dans l'incendie d'une ferme. Enfin, on le soupçonnait d'appartenir à la bande qui avait dévalisé au Perthus le cabaretier Morès.

Etchepare était déchaîné :

— Ma conviction est faite, maître Chesnay. Ce Rudeau est une belle fripouille, et, puisque nous le tenons, on tâchera de ne pas le laisser échapper. Je ferai pour ma part le nécessaire.

Je n'eus, les jours suivants, qu'à lire les journaux, pour achever de me convaincre qu'Etchepare instruisait cette affaire avec une partialité fâcheuse. Influencés par l'ambiance, les journalistes avaient écrit sur Rudeau des articles défavorables. Peu à peu se dressait autour de ce vagabond un faisceau d'accusations dont je ne voyais aucun moyen de le dégager. Je m'étais d'abord attaché à l'espoir que l'on finirait par retrouver frère Anselme. Or, les jours et les semaines passaient, et la gendarmerie ne signalait rien.

Rudeau, exaspéré par l'attente, était devenu encore plus insupportable. Lors d'un interrogatoire, il insulta grossièrement Etchepare, et le traita de "sale Espagnol". C'était, pour un Basque, une injure grave. La situation était perdue.

Les jurés statueraient évidemment en dernier ressort. Par malheur, si le fait de l'assassinat restait discutable, on ne pouvait écarter le vol et les autres brigandages que l'instruction ne manquerait pas de signaler. Le jury se montrerait sans mansuétude envers ce vagabond insolent et dangereux.

*
* *

J'étais dans mon cabinet, réfléchissant à ces contingences, lorsque mon secrétaire frappa à la porte et m'annonça... l'abbé Laugé.

Je fis immédiatement introduire.

L'abbé était vêtu d'une soutane aux teintes verdâtres, sur laquelle des reprises minutieuses décelaient l'intervention de la sage Martine.

Je m'avançai, la main tendue.

— Excellente visite, monsieur l'abbé. Vous avez abandonné les Hautes-Corbières ?

— Pour aujourd'hui seulement. Je ne descends presque jamais à Perpignan. Mais la nécessité... un devoir impérieux... Permettez-moi tout d'abord...

Et, me tendant un paquet qu'il portait sous le bras :

— Un peu de miel de Cubières, monsieur Chesnay. Le rucher a donné une bonne récolte cette année, et je sais que vous vous intéressez aux abeilles du presbytère.

Je pris le paquet. Il fleurait bon le thym, la lavande et les parfums de la garrigue.

— C'est moi qui finirai par vous être redevable, monsieur l'abbé. Pour un mauvais service que je vous ai rendu jadis...

— Un mauvais service ?

Je montrai la soutane rapiécée, vieillie.

— ...ou du moins qui ne vous a pas servi à grand'chose.

— Il y a tant de malheureux, fit l'abbé.

— Je comprends que mon pauvre Rudeau ait dédaigné votre presbytère. Vous ne serez jamais un client sérieux pour les maraudeurs.

Au nom de Rudeau, l'abbé avait marqué une vive attention.

— Vous parlez de Rudeau, fit-il... de Rudeau... "l'assassin"... ?

— Ne le condamnez pas encore, protestai-je. Ignorez-vous que je suis son avocat ?

— Je ne l'ignore pas, maître Chesnay... et c'est même à ce sujet que je suis venu vous voir aujourd'hui.

— Vous venez me parler de Rudeau ?

— Je viens parler à l'avocat de Rudeau.

Ma physionomie dut marquer une profonde surprise.

— Asseyez-vous donc ! Asseyez-vous !

L'abbé prit une chaise.

Il hésita un moment.

— Avant de vous expliquer le motif de ma visite, me dit-il enfin, je dois m'informer auprès de vous d'un point très important : en votre âme et conscience, maître Chesnay, croyez-vous que Rudeau puisse être condamné ?

— En mon âme et conscience, ce malheureux paraît lourdement compromis. Il y a d'abord la question des vols, les faits sont indéniables.

— Rudeau a volé... mais il n'a pas assassiné.

— Vous êtes fixé sur ce point ?

— Je crois être fixé, oui.

— Malheureusement, vous n'avez sans doute pas le moyen de faire passer cette conviction dans l'âme des jurés.

— C'est ce qui vous trompe. Je possède ce moyen,

— Mais intervenez, m'écriai-je, intervenez donc ! Songez que, si les choses restent au point où elles sont, mon client a toutes chances pour passer de vie à trépas.

L'abbé parut profondément troublé.

— Dans ces conditions, me dit-il d'une voix un peu tremblée, permettez-moi de déposer entre vos mains la preuve de l'innocence de Rudeau.

Il ouvrit sa soutane et prit dans une poche intérieure un petit cahier qu'il me tendit.

Je feuilletai rapidement les pages. Elles étaient couvertes d'une écriture haute et comme hachée.

Et je lus malgré moi les premières lignes :

"Je l'ai toujours aimée.

Maintenant encore, après cette triste année de doutes et de souffrances, je ne puis distraire d'elle ma pensée...

Et maintenant... encore et malgré tout... je l'aime !"

Vivement intrigué, je regardai l'abbé.

— Ceci est le cahier de frère Anselme, me dit-il.

— ...

— J'ai trouvé ces feuillets à l'ermitage.

Et comme je demandais quelques explications :

— La justice a ignoré ce fait, reprit l'abbé, mais j'ai été un des premiers à pénétrer dans l'ermitage après la disparition de frère Anselme. Je n'étais pas descendu depuis une semaine à Galamus, et je voulais voir comment frère Anselme s'accommodait de sa vie solitaire. D'après ce que j'ai compris, en lisant sur les journaux le compte rendu de l'enquête, j'ai dû arriver à Galamus peu après le passage de Rudeau.

"Ce vagabond s'est bien, en effet, arrêté à l'ermitage, mais il n'y a pas rencontré frère Anselme. Il s'est borné à éparpiller les papiers dans l'espoir de découvrir quelque argent. Survenant moi-même après cette visite, je trouvai la chambre de l'ermite dans le plus grand désordre. A ce moment, je ne m'expliquai pas l'origine de ce bouleversement, et, comme je ne voyais nulle part frère Anselme, je fus pris de vives inquiétudes.

"Puis d'autres pensées me vinrent. J'examinai les papiers qui gisaient sur le sol... et je découvris ce cahier.

"Je reconnus l'écriture de frère Anselme. Je lus, redoutant de trouver dans ces pages l'explication... l'explication que j'entrevoyais déjà. Je savais, en effet... en partie tout au moins... qu'un drame se jouait dans la conscience de l'ermite... J'avais entendu frère Anselme en confession. "

Il s'arrêta un moment.

— De cela, je ne puis témoigner. Mais ce que je vous apporte suffira. Ce cahier innocente le malheureux que la justice tient sous les verrous. Il l'innocente du crime tout au moins. Pour ce qui est du vol...

— Il suffit de prouver qu'il n'y a pas eu crime.

— Prouver serait peut-être trop demander, mais la lecture de ces pages dénote suffisamment les intentions de frère Anselme le jour de sa disparition. Frère Anselme est vivant, du moins je crois que nous pouvons en conserver l'espoir.

— Frère Anselme est vivant ! dites-vous. Et il laisse accuser ce malheureux vagabond !

— Frère Anselme ignore l'affaire Rudeau.

— Que ne l'avertissez-vous ?

L'abbé secoua la tête.

— Nous ne pouvons pas l'avertir. Si Dieu lui a conservé l'existence, frère Anselme n'est maintenant plus rien pour nous.

Il me montra le cahier.

— Lisez ces pages. Vous comprendrez. Je suppose que vous comprendrez tout au moins... Pour moi... je ne sais pas... Je n'ose pas savoir plutôt... Je ne suis qu'un pauvre prêtre... Quoi qu'il en soit, je crois que vous pouvez sauver la tête de Rudeau. Vous m'excuserez d'être intervenu si tard. J'ai hésité... longtemps... Les faits que relate frère Anselme sont tellement extraordinaires, et aussi la passion qui anime ces pages est tellement folle... Je n'aurais pas voulu me dessaisir de ce cahier.

— L'arrestation de Rudeau suffisait à lever vos scrupules.

Le prêtre réfléchit un instant.

— Même à ce moment, je n'ai pas cru devoir agir. Et, certes, ma conscience ne me reproche rien. Je pensais que l'affaire s'éteindrait toute seule, que ce malheureux serait relâché...

Je repris le cahier et l'ouvris de nouveau au premier feuillet.

"Je l'ai toujours aimée !...

Maintenant encore..."

— Serait-ce le caractère profane de ces pages qui vous aurait retenu ?

— Il y a cela, dit le prêtre. Il y a aussi plus grave... Et ce qui est grave surtout, c'est que LUI, l'ermite, ne soit plus là. Car on aurait pu supposer... Je me suis demandé souvent si les malheurs de cet homme n'étaient pas imaginaires, si frère Anselme ne s'égarait pas dans des visions irréelles... Mais non, il n'y a plus de doute maintenant... Ce pays extraordinaire existe... La conversation que j'avais eue à Cubières avec M. Jarain m'avait déjà profondément troublé...

— De quelle conversation parlez-vous ?

— Rappelez-vous : Fauzan ! L'ossuaire des mammouths !

— C'est donc cela ! Il nous avait semblé que vous preniez un intérêt bien particulier à cette question... La disparition de Vernon aurait un rapport... ?

— Un rapport très précis... La grotte de Fauzan... La grotte de Fauzan, monsieur Chesnay, est le CIMETIÈRE DES MAMMOUTHS MAUDITS !

— Les mammouths maudits !

Mais l'abbé n'écoutait déjà plus.

— Ah ! La passion humaine ! s'écria-t-il. Quelle triste et désespérante route ! Vous verrez à quel degré peut être troublée l'âme d'un malheureux ! Et vous comprendrez aussi pourquoi j'ai pensé tout d'abord à détruire ce cahier. Puis je ne m'en suis pas senti le droit. La vie d'un homme se joue. Ce vagabond vaut sans doute bien peu. Mais un prêtre n'a pas à faire office de justicier. "Ne jugez pas afin de n'être pas jugés" a dit le Divin Maître. Vous pouvez disposer de ces pages. J'espère qu'elles contribueront au salut de Rudeau.

L'abbé s'était levé.

— Excusez-moi, monsieur Chesnay. Je dois rentrer ce soir à Cubières. Je ne puis m'attarder davantage.

— Et frère Anselme ? demandai-je encore, faut-il renoncer à le revoir ?

— Il faut renoncer, fit le prêtre lentement... Frère Anselme n'est plus dans notre monde !

Puis, après un silence :

— FRÈRE ANSELME EST CHEZ LE MAMMOUTH BLEU ! monsieur Chesnay.

Je crus que le pauvre abbé devenait fou.

— Chez le Mammouth Bleu, oui ! reprit l'abbé. Je le crois du moins... Cela peut être ainsi... Cela doit être ainsi, ajouta-t-il plus bas.

Il passa devant moi, le regard égaré, comme vivant dans un rêve profond. Il prononçait des phrases sans suite :

— Le malheureux ne pouvait échapper... Le cimetière de Fauzan... Il suffisait... La tentation était trop forte... Ah ! l'oubli ! l'oubli !... le Mammouth Bleu !...

Je ne savais que penser de ces étranges paroles.

J'accompagnai l'abbé jusqu'à la porte.

Il s'éloigna, le dos voûté, absorbé par ses pensées secrètes.

Je revins, très intrigué, dans mon cabinet.

Sur ma table, le cahier de frère Anselme était resté ouvert :

"Je l'ai toujours aimée !
Maintenant encore..."

Je donnai l'ordre que l'on ne vint me déranger sous aucun prétexte. Par surcroît de précaution, je fermai ma porte au verrou.

Alors je pris devant moi le manuscrit.

DEUXIÈME PARTIE :

LE CAHIER DE FRÈRE ANSELME

La lecture de ces pages laissera sans doute une impression troublante.

Il pourra sembler étrange qu'un savant comme Vernon ait vécu cette extraordinaire aventure sans s'attarder davantage à l'étude technique des phénomènes nouveaux qu'il avait toute facilité pour observer.

A la vérité, même dans les circonstances les plus anormales, Vernon paraît s'être surtout occupé de son amour malheureux.

"Je l'ai toujours aimée..." Ainsi débute le cahier de frère Anselme, et l'amour est, en définitive, la raison dernière de ce récit.

Certains regretteront une carence aussi paradoxale de la part d'un esprit rompu à des méthodes scientifiques rigoureuses. D'autres estimeront peut-être que l'amour est au-dessus de toute loi et de toute méthode.

Les pages qui suivent sont la reproduction scrupuleuse du manuscrit trouvé à l'ermitage.

Ici commence donc le cahier de frère Anselme :

*
* *

Je l'ai toujours aimée...

Maintenant encore, après cette terrible année de doutes et de souffrances, je ne puis distraire d'elle ma pensée.

Et maintenant... encore et malgré tout... je l'aime !

Dans cette farouche solitude, dans ce triste ermitage que les hommes m'ont laissé, le Souvenir est toute ma vie.

De toute mon énergie, je m'agrippe à ce triste passé, tant j'ai peur que cela aussi, le Souvenir, cela seul qui me reste, ne m'échappe.

Ces images qui me sont chères et douloureuses à la fois, je les évoque, je les assemble, je les ordonne. Il m'arrive parfois d'encercler le très cher fantôme. Geneviève est là ! Je n'ai plus qu'une ombre à pousser, qu'un brouillard à franchir... Et, soudain, c'est LUI qui apparaît...

LUI ! j'allais dire : LE MONSTRE ! Un monstre ! Oui, pourtant !... Être aimée d'un monstre ! Être aimée.

Et cela ne serait rien encore... Mais aimer...

Alors le désespoir s'abat sur mon âme.

— Priez, m'a dit le curé de Cubières. La prière vous libérera.

Loyalement, j'ai essayé, j'ai prié...

Mais prier, est-ce que j'arriverai ainsi à supprimer cette présence ?... Et je le vois toujours, Lui, Ibrida, le rival maudit ! Il a souffert, c'est vrai. Il m'a jalousé, même. Il a craint pour son rêve... Mais il était aimé, il le savait. Et cela, je ne puis le lui pardonner... Je le hais !... Alors, prier ? A quoi bon !...

De ma petite terrasse qu'un étroit parapet sépare de l'abîme, je regardais ce soir le gouffre... Je le regardais froidement...

Puis j'ai reculé... J'ai eu peur... Si la mort n'était qu'un piège ! S'il y avait autre chose derrière, une autre vie... Je n'ai pas osé aborder de sang-froid cet Inconnu. Je me suis senti glacé à la seule pensée de renaître peut-être... de renaître plus loin d'Elle encore. Et alors de ne plus pouvoir...

Car si j'osais... Ah ! Cette tentation de la revoir comme elle est terrible et brutale parfois. Comme j'ai besoin de lutter de toute mon énergie, de me cramponner à mon rocher, de crainte de céder à la honte.

Non ! Je serai assez fort, je crois. Être le rival d'un monstre, lui disputer encore... De telles visions passent, que je recule, épouvanté... Je n'irai pas vers Elle, je ne la reverrai pas...

Mais il y a l'autre tentation, celle que je redoute le plus, la plus attirante... oublier !... Ah ! L'oubli, la douceur de ce baume à mon âme désemparée !

Oublier !... Et j'entends encore la dernière phrase du Mammouth Bleu : "Si, un jour, tu ressens trop fort ta peine, reviens au Dhôme de Yalna..."

Revenir ! Je sais ! Revenir et abandonner là-bas mon pauvre cœur d'homme. Comme disait Ayné-Khan : "Alors, tout serait fini, et plus rien n'aurait jamais été." Plus rien, oui, plus rien !... Je n'aurai jamais connu Geneviève... Je n'aurais jamais...

Lâcheté ! Lâcheté infâme !

Oublier ! Je ne veux pas oublier ! Le Souvenir est ma seule foi, mon seul bien... Souvenirs désolés, je sais, lamentables. Eh ! Pardieu ! Je n'en ai point d'autres !... Les riches peuvent se montrer difficiles, choisir... Moi, c'est mon trésor de pauvre homme, que je défends. Si triste, si misérable qu'il soit, cet amour au moins m'appartient ! Je suis peut-être au fond de l'ornière... Du moins ai-je le droit d'en remuer la fange... J'ai assez souffert. Je n'ai plus de honte... Tous ces souvenirs qui sont miens, je les réclame comme miens, et, de peur de laisser périr ces fleurs vénéneuses, je veux les cultiver précieusement dans le triste jardin de mes pensées.

De ce qui me rattache à Elle, je veux que pour moi rien ne périsse. Je veux consigner sur ces pages toutes mes aspirations, tous mes désirs, c'est-à-dire Elle, sous toutes ses images et toutes ses formes.

Je l'aime ! Je ne demande rien ! Je ne reproche rien ! Je veux que mon malheur ait le droit de vivre, seulement.

Pour que je puisse les sentir vivants, cruellement vivants, je les appelle à moi, ces souvenirs d'un temps qui n'est plus !

Qu'il n'y ait rien autour de moi, ni pudeur ni morale, ni honte ! J'ai fermé les portes de la Vie. Je suis seul. Eux seulement ! Eux !

Et je les vois venir, tous ! Je les vois qui montent, qui accourent. Je les appelle, je les attire, je les enserre... Tout de suite ce sont les plus récents, les plus douloureux, les plus terribles, qui se présentent et heurtent en maîtres à ma porte.

Non ! Ceux-là... pas ceux-là encore... Je les connais. Je sais trop leur dessin et leur forme.

Ce sont les très vieux, les très lointains, que je veux d'abord, ceux qui regardent avec timidité l'homme que je suis devenu... Je n'hésiterai pas lorsque sonnera l'heure... Je saurai accueillir les autres aussi, tous les autres.

Mais, auparavant, je veux me griser un peu, en invitant ces timides qui n'osent, ces peureux qui se dérobent, et qui représentent pour moi le meilleur des jours d'autrefois.

*
* *

Car autrefois ... Oui, autrefois... loin, très loin... peut-être ai-je vécu heureux... Du moins je ne savais pas, encore, j'avais toujours l'espoir, un espoir obstiné, inébranlable... A côté de ce que j'ai souffert depuis, cet autrefois me paraît aujourd'hui presque le bonheur.

Autrefois... Visions si lointaines d'abord... Ma première jeunesse en pays basque, à Ustaritz, dans la maison natale de ma mère... Je me souviens de mon aïeul maternel, le grand poète Irizarte. C'était un homme d'un autre âge, une sorte de patriarche bon et grave. Il descendait d'une ancienne famille de "hauz apheza", comme disent les Basques. De date immémoriale, il y avait toujours eu un Irizarte, à l'assemblée du "Biltzar" qui régentait les États de Labourd.

Mon grand-père parlait très mal le français. Il s'exprimait d'ordinaire en langue basque, cette langue euscarienne dont les origines ont toujours paru si mystérieuses.

Par les longues soirées d'hiver, il me racontait en escuara les vieilles légendes du Labourd. Je me souviens encore de ces récits fantastiques, de ces extraordinaires féeries qui ont bercé mon enfance.

Et je me souviens surtout d'une petite fille qui venait s'asseoir parfois sur la pierre du foyer, et qui écoutait mon grand-père, les yeux émerveillés.

Geneviève était plus jeune que moi de trois ans. Orpheline, elle vivait à

Ustaritz avec sa tante Arneguy, une vieille fille perclue de rhumatismes et dont les jours étaient comptés. Une assez proche parenté unissait nos deux familles.

— Ta cousine n'aura bientôt plus que nous, mon enfant, me dit un jour ma mère. Il faudra beaucoup l'aimer.

Je n'ai que trop respecté le désir de ma mère.

Je l'ai beaucoup aimée...

....···

De mes années de collège, je n'ai gardé aucun souvenir. Je ne vivais que pour les vacances, que je venais toujours passer à Ustaritz.

Là, je retrouvais Geneviève. Rapidement, elle avait fait de moi son esclave. Je la regardais comme une créature d'essence supérieure, et j'obéissais à ses moindres caprices.

Elle aimait à m'entraîner sur les bords de la Nive. Au long des eaux transparentes, elle me confiait ses petits secrets. Elle était d'une curiosité folle, d'une souplesse de corps et de pensée, qui effrayait mon âme d'enfant.

Dans nos conversations, nous nous servions toujours, entre nous, de la langue euscarienne, que Geneviève préférait pour exprimer ses exaltations et ses rêveries.

Elle avait douze ans. Elle se montrait déjà très coquette. Au bord de la rivière, un jour, comme elle m'avait taquiné longtemps, mon amour-propre se révolta et je lui dérobai un baiser.

— Tu es insupportable, André, me dit-elle. Vois, comme tu m'as froissée.

Et moi, qui étais ému jusqu'au plus intime de mon âme, je la regardais, de ses doigts graciles, effacer sur le col de sa robe, quelques plis imaginaires.

Elle était ainsi !... Et c'est ainsi que je l'ai aimée !

J'avais seize ans, lorsque mes parents décidèrent de quitter Ustaritz pour s'installer près de Millau, au château de Laguessac, propriété de mon grand-père paternel.

Comme je regrettai le pays basque et ses calmes horizons, et les vertes prairies qu'arrose la Nive, et les châtaigneraies où la caresse du vent était si douce !

Comme je la regrettai surtout, Elle. Mais si, dans mes yeux, des larmes perlèrent lors de notre séparation, je ne pus lire dans les siens que ce désir de partir, que cet amour instinctif de l'aventure qui a poussé tant de Basques à émigrer de l'autre côté de l'Océan. Seulement, ceux-là sont revenus. Geneviève, elle, est partie. Je l'ai perdue... et je sais qu'elle ne reviendra pas !

Un an après notre installation à Laguessac, comme je rentrais un soir de Millau, je trouvai mes parents réunis au salon. Ils paraissaient parler de questions sérieuses. J'allais m'éloigner, lorsque mon père me rappela.

— André, me dit-il, la tante de Geneviève est morte. Geneviève reste seule. Nous sommes ses parents les plus proches. Notre devoir est de lui donner asile.

Nous allons lui proposer de venir à Laguessac.

J'étais tellement ému que je ne pus rien répondre.

— Cet enfant est stupide, déclara mon père.

Ma mère s'était avancée. Elle me prit dans ses bras, et me caressa doucement, comme si elle comprenait, comme si elle savait déjà !

Et ce furent nos années d'adolescence. J'étais pensionnaire au collège de Millau, mais je venais souvent à Laguessac. Geneviève était la fée de la maison. Ma mère la gâtait beaucoup. Elle s'attachait à être pour elle ce qu'aurait été sa véritable mère, celle qui reposait là-bas dans le petit cimetière d'Ustaritz.

Les vacances étaient une période de rêve. Nous avions pris l'habitude, Geneviève et moi, de continuer à parler basque, lorsqu'un étranger n'était pas en tiers dans nos conversations. Cela irritait quelquefois mon père qui s'était toujours montré peu sensible aux beautés de la langue euscarienne. Mais je n'aurais pas abandonné pour un empire ce privilège que d'autres ne pouvaient songer à me disputer. Je croyais ainsi pénétrer davantage dans l'intimité de Geneviève. Cette communauté de langage semblait mettre entre nous un trait d'union que j'aurais voulu plus fort, hélas ! mais dont je sentais cependant l'existence réelle.

Je l'aimais... Pour elle, je n'étais visiblement qu'un grand cousin, un bon camarade auquel on pouvait confier ses désirs secrets d'indépendance. Geneviève aurait voulu habiter la grande ville, briller, être adulée, fêtée. A Laguessac, elle n'avait que les témoignages de mon admiration, admiration fanatique, il est vrai, mais qui semblait une chose due et sans valeur... Et jamais je n'osai lui livrer le secret de mon pauvre cœur meurtri.

Ce fut à Laguessac que se décida l'orientation de mon existence. Mon père connaissait Dartel, le grand Dartel, qui avait le premier attiré l'attention sur les cavernes des Causses.

J'étais très curieux de ces explorations souterraines. J'insistai tant, que Dartel accepta un jour de m'emmener. Je visitai avec lui l'aven de Combelongue, sur le Causse Noir. L'aven était un trou béant sur le plateau. Avec une échelle de cordes, nous descendîmes d'abord à trente mètres de profondeur. Une galerie horizontale nous permit d'arriver plus loin à un autre gouffre dont l'étroite ouverture permettait à peine le passage d'un homme.

Et mon émotion fut intense lorsque je vis Dartel se laisser glisser à bout de corde par cette fissure, et disparaître comme un fantôme dans les entrailles de la terre.

Je devins dès lors un des compagnons les plus enthousiastes de Dartel. Je fus initié par lui à ses recherches sur l'hydrographie des Causses. Ces questions me passionnèrent à tel point que je résolus d'orienter mes études vers la géologie. Mon père ne s'opposa pas à mon désir, et décida que je me ferais inscrire comme étudiant à la Faculté des Sciences de Toulouse.

Geneviève connaissait mes projets. Elle riait de mes enthousiasmes. J'avais vainement essayé de l'entraîner dans nos expéditions sur le Causse. Elle ne s'intéressait pas à ce monde souterrain. Elle aimait les larges panoramas, les grands espaces, la vie, le mouvement, le soleil.

Je lui aurais peut-être sacrifié mes jeunes ardeurs et mes aspirations, mais je sentais que, malgré tout, je ne serais encore rien pour elle.

Je savais cela, je ne m'illusionnais guère... Et, cependant, je ne pouvais me défendre de l'aimer.

A Toulouse, mes années d'étudiant furent chastes. Je ne pensais qu'à Geneviève. Quand je revins à Laguessac aux premières vacances, j'étais de plus en plus épris d'elle.

Geneviève avait alors dix-huit ans. D'une beauté saisissante, elle incarnait délicieusement le type basque le plus pur.

Très brune, les yeux admirables de vivacité et d'expression, les sourcils nettement marqués, tranchant sur un teint mat, les attaches fines, la taille élancée, elle se distinguait surtout par cette souplesse et cette légèreté dans la démarche, qui est la caractéristique la plus nette de la race euscarienne.

Je ne songeais pas à lui comparer d'autres jeunes filles. Je la plaçais dans une sphère spéciale, où aucun contact douteux ne pouvait l'atteindre. Je l'admirais, uniquement et sans réserve.

Elle se montrait curieuse de ma vie à Toulouse. Pour Geneviève la grande ville représentait l'Inconnu, l'Aventure. Elle me questionnait sur les petites amies que je devais avoir là-bas.

— Je n'ai qu'une seule amie, tu le sais bien, Geneviève.

— Oui, mais je veux dire des amies d'un autre genre !

Et son esprit d'aventure la jetait aussitôt dans les idées les plus hardies.

— N'as-tu jamais pensé, me demanda-t-elle un jour, à enlever une jeune fille... ? Une jeune fille qui te plairait, que tu aimerais... ?

Je la sentais vibrer d'un désir fou de partir, de s'évader. Une tempête intérieure d'aspirations l'attirait vers de lointains inconnus.

Et je sentais, aussi, que dans ces désirs, il n'y avait pour moi aucune place.

— Non, répondis-je, jamais je n'ai pensé à cela.

— Comme tu es lourd, André. Comme ton esprit se complaît dans les banalités tranquilles !

Alors, je renfermai mon pauvre amour plus loin, plus profondément encore.

Et ce fut tout le temps ainsi !

A Laguessac, quand les journées me paraissaient tristes, je prenais le chemin des Causses.

Sur ces plateaux quasi déserts, les eaux de pluie se précipitent dans de vastes entonnoirs, les "avens", véritables gouffres ouverts au ras du sol. Elles disparaissent aussitôt dans le calcaire fissuré de la montagne, pour venir, après de longs trajets souterrains, ressortir dans le creux des vallées.

Le Causse est ainsi creusé par un réseau de galeries et de cavernes dont très peu ont été explorées. Dartel m'avait conté son émotion lorsqu'il découvrit la fameuse grotte de Dargilan. J'espérais moi aussi arriver un jour à quelque caverne féerique, dont je réveillerais les échos endormis.

En descendant par l'orifice des avens, j'essayais de forcer le mystère de ce monde souterrain. J'avais organisé une équipe de quatre hommes dressés à la technique spéciale de ces explorations. Nous restions absents deux, trois jours, parfois davantage.

Ces expéditions, souvent difficiles, mettaient mes forces physiques à de rudes épreuves. Elles me prenaient, de plus, beaucoup de temps, et mes études s'en ressentaient. Mais elles distrayaient ma pensée de ma passion pour Geneviève, et m'aidaient à surmonter les heures de découragement.

J'avais vingt ans lorsque je perdis mon père. Je venais de passer ma licence, et j'avais publié mon premier travail sur les "galeries horizontales dans le système orographique souterrain des Causses".

Vis-à-vis de Geneviève, ma situation n'avait pas changé. Elle m'accueillait toujours comme un ami sûr, comme un excellent camarade, mais, lorsque je rentrais de quelque expédition dangereuse, je cherchais vainement dans son regard cette anxiété émue, cette joie profonde de me revoir, que j'aurais tant voulu trouver.

Ayant décidé de préparer l'agrégation, je quittai Toulouse pour Paris. Avant mon départ, j'eus un long entretien avec ma mère.

— Ton père n'est plus là, me déclara-t-elle. Je reste seule, et bien faible maintenant. Certaines responsabilités m'inquiètent. Ne t'émotionne pas de ce que je vais dire : nous devons prendre une décision ; il faudrait marier Geneviève.

Je devins très pâle, et aussitôt je compris :

— Il y a quelqu'un, m'écriai-je, quelqu'un, n'est-ce pas ?

Ma mère n'osait pas répondre.

Alors je m'écroulai à ses genoux, et je sanglotai longtemps.

— Pauvre petit, me dit enfin ma mère, je sais, je connais ton désir... Mais ce désir, André, tu dois l'abandonner. J'ai causé avec Geneviève. Elle t'aime évidemment... elle t'aime... comme son cousin... Tu serais très malheureux.

Je me laissai convaincre.

J'admis ce fait fantastique, qu'il pût y avoir des prétendants à la main de Geneviève.

Il y en avait... Et après celui-là, que Geneviève refusa d'ailleurs, il y en eut d'autres.

Je ne voulus rien savoir des entrevues et des pourparlers. Je partis. Je me réfugiai dans l'étude.

Années de travail acharnées. Expéditions souterraines dans lesquelles je risquai cent fois ma vie, comme à cette descente au gouffre de la Légarde, dans le Jura, où je fis une chute terrible dans un abîme inconnu. Mon ouvrage sur l'Hydrographie souterraine parut en 1913 et m'ouvrit les portes de l'agrégation.

Pendant cette période, j'étais revenu le moins souvent possible à Laguessac.

De nombreux partis s'étaient présentés pour Geneviève. Mais aucun ne figurait assez l'Inconnu et l'Aventure. Les uns après les autres, les prétendants s'en retournaient, déconfits. Ma mère n'osait plus m'entretenir de ces questions. A mon dernier passage à Laguessac, je trouvai Geneviève changée. Son esprit semblait devenir moins ardent, moins chimérique. Elle était comme lassée par une désillusion secrète.

Ce fut moi alors un jour qui lui parlai... qui osai lui parler... Je manifestai ma surprise de lui voir refuser tant de partis que ma mère jugeait honorables.

— Crois-tu vraiment, me dit-elle, que je sois destinée à faire le bonheur d'un de ces hobereaux mal dégrossis, qui rêvent de m'emporter dans leur morne campagne ? Faudra-t-il ensevelir ainsi ma jeunesse, mes aspirations, mes rêves ?

— Tu as raison, Geneviève, répondis-je. Tu es faite pour briller, pour dominer.

Je me fis énumérer les prétendants malheureux qu'elle avait évincés. Et, à tous, je trouvais, moi aussi, un défaut, un ridicule.

C'est qu'au fond de mon cœur un espoir fou venait de jaillir : Geneviève avait vingt-trois ans. Elle était pauvre (oui, je misais même sur cela, sa pauvreté). Ses exigences commençaient à être connues. Elle se voyait déjà moins adulée, moins recherchée...

Alors... moi !... Mais oui ! Bien sûr !... J'attendrais, s'il le fallait. J'attendrais. Je guetterais dans l'ombre... et peut-être un jour...

Ma mère devina bientôt ce lamentable espoir.

— Elle n'est pas pour toi, André, me répétait-elle. Abandonne ce rêve.

Mais l'étincelle était jetée, et mon cœur n'était plus qu'un immense brasier.

Sous le prétexte de nouvelles recherches à faire sur les Causses, et en réalité pour me rapprocher de Laguessac, j'abandonnai mes études et vins m'installer en mai 1914 à Millau.

J'espérais maintenant. J'étais fou de désir.

Mais je savais qu'il fallait être prudent, ne rien hasarder, ne pas compromettre mes chances par une avancée trop rapide, attendre enfin.

Attendre.

Et quelques mois après ce fut la guerre !

*
* *

La guerre ! J'ai traversé cet effroyable cataclysme comme un étranger. Je ne voyais qu'une chose : j'étais séparé de Geneviève !

Je ne manquais pas de courage, mais je ne m'intéressais à rien de ce qui se passait autour de moi. Je fus un combattant médiocre. En 1916, mon régiment se trouva durement éprouvé par les gaz. Je restai inanimé au fond d'une tranchée, et fus fait prisonnier.

Au bout d'un mois, j'essayai de m'évader. On me reprit, et dès lors je devins l'objet de traitements rigoureux. Pendant deux longues années, je fus presque rayé du monde des vivants. Je ne reçus aucune lettre, aucune nouvelle de Laguessac, rien !

Quand je rentrai, après l'armistice, je trouvai Geneviève seule. Ma mère était morte l'année précédente.

J'allais me recueillir sur la chère tombe. J'étais chef de famille maintenant, et j'avais à régler la situation de Geneviève. La guerre avait produit de sérieuses brèches à sa modeste fortune.

Il existait une solution, la plus simple, celle que j'appelais de tous mes vœux. Mais je croyais entendre les paroles de ma mère :

— Elle n'est pas pour toi, André, elle n'est pas pour toi !

Il fallait attendre encore, chercher.

Je m'étais installé à Millau. Je demandai à Geneviève de s'occuper de Laguessac. Elle habiterait le château et l'ordonnerait à sa guise. Mon régisseur réglerait les questions matérielles.

Geneviève parut étonnée.

— As-tu l'intention de ne plus revenir ici ? me dit-elle.

J'eus un geste évasif :

— Tu es seule maintenant, répondis-je. Tu es libre. Mes visites pourraient être mal interprétées. Dans ton intérêt…

— Oh ! j'ai renoncé, André, s'écria-t-elle. Peu importent mes rêves… Il n'est plus personne qui veuille de moi.

— Il y a quelqu'un qui a toujours voulu de toi, Geneviève, quelqu'un que tu as dédaigné cependant.

Je lui avais pris la main.

— …quelqu'un qui voudrait encore…

Elle eut un frisson. Elle cherchait à fuir la trame cruelle dans laquelle mes doigts inhabiles essayaient d'enclore mon rêve.

— Je suis très pauvre, tu le sais, André. Si je t'épousais maintenant, que penserait-on de moi ?

Je l'arrêtai :

— Ne parle pas de ta pauvreté, Geneviève. Ces questions ne sont pas dignes de nous. Tu me demandais tout à l'heure si je songeais à abandonner Laguessac. Eh bien ! je vais te révéler mes intentions. Je suis libre de disposer de mes biens à ma guise. Ma mère, d'ailleurs, était au courant de ce projet. Quoique tu fasses, quoique tu décides, entends-tu, je te donne Laguessac. Tu peux organiser ta vie selon ton seul désir. Je ne veux t'obliger à rien. Mais il faut te montrer raisonnable. Réfléchis à tous les partis auxquels tu peux prétendre…

— Tais-toi, me dit-elle, tais-toi.

Oui, j'avais ainsi la lâcheté de la lier à moi par la reconnaissance, par une affreuse contrainte morale, comme si la morale et l'amour étaient choses de même essence. J'ai été malheureux depuis, c'est vrai, mais, de ce malheur, j'ai eu ma part de responsabilité. Si je suis aujourd'hui isolé, perdu, dans ce triste ermitage, ce n'est pas uniquement à Elle que je le dois. Je n'ai pas le droit d'accuser. Je souffre seulement...

Quelques jours après cette conversation, je reçus une lettre de Geneviève.

"J'ai réfléchi, m'écrivait-elle, mais, avant tout, je dois être sincère. Pardonne-moi si je te fais mal. Je ne t'aime pas d'amour, André, mais il me semble que je ne pourrai pas te rendre malheureux. Si tu veux toujours de moi..."

Je n'achevai même pas de lire. Elle acceptait ! Elle acceptait !

Comme un fou, je me rendis aussitôt à Laguessac. Le lendemain, j'annonçai nos fiançailles.

*
* *

Nos fiançailles ! Comme ce mot doit sonner clair pour quelques-uns. Moi, je ne retrouve que des souvenirs corrects, guindés presque.

Geneviève m'accueillait comme un ami, comme un bienfaiteur. Elle essayait de s'intéresser à mes projets, à mes explorations souterraines, à mes livres aussi. Nous faisions ensemble des plans d'avenir. J'abandonnerais Millau. Nous vivrions tous deux à Laguessac. Nous aménagerions...

Et je la sentais en réalité lasse, lasse à pleurer, de tout, de ce château, de moi, de mes livres, de mes travaux, lasse surtout de cette fortune sous laquelle je l'avais écrasée.

Je me rendais deux fois par semaine à Laguessac.

Un jour, je rencontrai, dans le parc, une sorte de bohème, un peintre de passage, le type parfait du glorieux vagabond. C'était Darley.

Il descendait le Tarn à petites étapes, peignant au hasard des chemins et de l'inspiration. Le site de Laguessac l'avait séduit. Il avait demandé à entrer.

Il venait là depuis quatre jours, me dit-on. Geneviève, d'abord indifférente, s'était ensuite sentie pleine de curiosité pour ce bohème, cet indépendant, qui ne savait jamais où il serait le lendemain, et qui allait sans souci sur les routes, peignant rapidement quelques esquisses, et les vendant aussitôt pour avoir du pain.

Lorsque j'arrivais ce jour-là, Geneviève était auprès de Darley. Le peintre racontait sa vie errante. Il venait de passer deux années en Italie. Il traversait sans se hâter le Midi de la France. Il pensait arriver en Espagne dans quelques mois. Il n'y avait pas lieu de s'inquiéter pour lui. Toujours il avait vécu au hasard des routes. Toujours il vivrait ainsi, ne connaissant pour horizons que l'Inconnu, le Soleil, l'Espace !

Geneviève écoutait et ne prononçait pas une parole.

Plus tard, je me rappelai le regard presque halluciné qu'elle posait sur cet homme.

Mais, alors, je pensais à de l'incompréhension, de la surprise, un peu de nervosité peut-être aussi, nos fiançailles… ah oui ! nos fiançailles !

Et je ne vis pas, je ne compris pas !

Peu de temps après cette rencontre, je dus me rendre au congrès de Toulouse, où j'avais à développer un rapport important sur "les formes de décomposition de la dolomie bathonienne".

Notre mariage était fixé pour le mois qui suivrait mon retour.

J'étais depuis deux jours à Toulouse, lorsque je reçus, le 16 août, un télégramme me rappelant d'urgence : Geneviève avait disparu au cours d'une excursion à la grotte de Dargilan !

Je pris le train, affolé, sans rien comprendre. J'avais tant de fois proposé à Geneviève de lui faire visiter Dargilan. Jamais je n'avais réussi à l'entraîner. Je m'étais lassé d'insister… Et maintenant… en mon absence…

A Millau, où je m'arrêtai à peine, je ne pus obtenir aucun renseignement, mais, à Laguessac, j'appris que Geneviève était partie pour la grotte, la veille, avec Darley. Elle n'était pas rentrée au château. Darley lui aussi avait disparu !

J'arrivai quelques heures après à Dargilan. Au chalet des gardiens, on me donna tous les détails : Geneviève avait été vue la veille en compagnie du peintre Darley. Ils avaient commencé la visite de la grotte, mêlés à d'autres excursionnistes. Tout s'était passé d'abord normalement, mais, en arrivant dans la salle du Clocher, on avait signalé au guide que Mlle Arneguy n'était plus là.

Les fêtes du 15 août amènent chaque année à Dargilan une grande affluence. De nombreux touristes se croisent ce jour-là dans les galeries de la grotte. On pensa que la jeune fille s'était ralliée à un autre groupe de visiteurs. Mais le soir, à l'heure où devait partir l'autobus de Millau, Geneviève n'avait pas reparu. On était sans nouvelles du peintre Darley. Dans l'hypothèse d'un accident, on avait fait des recherches à l'intérieur de la grotte. Ces recherches n'avaient donné aucun résultat.

Je me mis aussitôt en rapport avec les guides. Je les connaissais tous, j'avais souvent travaillé avec eux, et dans la grotte même. A toutes mes questions ils opposaient des réponses évasives. Ils ne savaient pas. Ils ne comprenaient pas. Les aménagements exécutés à l'intérieur de la grotte rendaient invraisemblable la possibilité d'un accident.

Je ne m'arrêtai pas à ces objections. Je demandai aux guides de m'accompagner, de chercher encore, et nous pénétrâmes ensemble dans l'immense dédale souterrain.

Avec quelle anxiété je parcourus les galeries et les salles ! Avec quelle hâte je passai devant ces merveilles, ces innombrables stalactites, ces cascades pétrifiées, toutes ces splendeurs devant lesquelles je m'étais arrêté si souvent.

Je ne trouvai rien ! Évidemment, si Geneviève s'était aventurée dans les parties non aménagées de la grotte... Mais les guides avaient pris de sérieuses précautions pour éviter de pareils incidents. Il semblait impossible de s'égarer dans les galeries latérales. Là aussi cependant je cherchai, j'explorai.

Les guides me suivaient, silencieux. Ils n'osaient faire aucune remarque, mais je sentais qu'ils me suivaient sans conviction, par amitié seulement, parce que c'était moi, Vernon, qui le leur demandais.

Alors j'interrogeai, j'essayai de pénétrer la pensée de ces hommes. Ils restaient immobiles, sans paroles.

Enfin, Lambert, le gardien-chef, s'avança vers moi :

— Il ne faut plus chercher, monsieur Vernon, dit-il. Du moins, il ne faut plus chercher ici, ajouta-t-il d'une voix qui tremblait un peu. Mlle Arneguy a dû remonter... certainement...

Je restai un moment sans comprendre.

Puis ce fut soudain un doute... un doute à peine... Un doute ? non ! déjà une certitude !... et si terrible... si angoissante !...

Cette excursion à Dargilan... simple mise en scène !... un subterfuge pour donner le change !...

Je devinais maintenant la pensée des guides : laissant leurs compagnons continuer la visite de la grotte, Geneviève et Darley étaient restés volontairement en arrière. Après quoi, ils avaient dû se joindre à une caravane de retour et remonter inaperçus... Après quoi... mais après quoi, pardieu !... Partis ! Ils étaient partis ! Partis cacher leurs amours sous d'autres cieux !... La fugue devait être organisée depuis longtemps... Et moi...

Devant mon désarroi, les guides s'étaient écartés, pitoyables.

Et, cette fois, ce fut moi qui ne rompis pas le silence... Je n'osais plus interroger... J'avais compris...

Je rentrai de nuit à Laguessac.

Je montai à la chambre de Geneviève. La porte était fermée. Brutalement je l'enfonçai. J'étais fou. Je courus à un petit secrétaire. D'une pesée je fis sauter la serrure... et ce fut là que je trouvai... Oh ! je n'eus pas longtemps à chercher... Il y avait deux lettres... deux lettres de Darley... Ah ! l'horrible supplice...

Je lus...

Ensuite, je fus comme un corps sans âme !

Le lendemain, dans un désarroi moral indescriptible, je me rendis à Millau. Qu'allais-je faire dans cette ville ? Je ne savais. J'avais besoin de fuir Laguessac, de ne plus voir ces pelouses, ces bosquets qui avaient abrité...

A Millau, ce furent d'autres tourments. Ma présence paraissait susciter des commentaires ironiques. Sur le pas des portes, les gens me regardaient avec curiosité. Et je croyais entendre :

— La fiancée du géologue ! Savez-vous ? Avez-vous appris l'histoire ?

Bientôt je me sentis plus mal à l'aise encore qu'à Laguessac.

Dans une révolte brusque, je courus à la gare.

Un train partait.

Deux jours après, j'étais à Paris.

*
* *

Les deux années qui suivirent furent pour moi deux années de travail tenace, incessant.

Je m'étais définitivement installé à Paris. Cependant je n'acceptai aucune fonction officielle, afin de rester libre de mes actes.

Presque tout de suite, j'obtins des succès dont, en d'autres circonstances, je me serais montré fier. Plusieurs conférences me furent demandées par la Société de Géologie et par la Revue Française.

En 1920, je fondai les Annales de Spéléologie auxquelles je consacrai une grande part de mon activité. La même année, je publiai mon mémoire sur la Géogénie des Grands Reliefs terrestres.

Envoyé en mission au Congrès de Venise, j'explorai en Carniole le fameux abîme du Montenero. A mon retour en France, je descendis au Chourun Martin, dans le Devoluy, puis aux Ragas des Aigles, en Provence.

Aux vacances de 1921, je me retrouvai un jour à Ustaritz.

Pourquoi étais-je venu en pays basque ? Je ne savais pas. J'avais été poussé par un sentiment obscur, par une force mystérieuse.

Je me promenai au bord de la Nive, et là je compris la force de cette attraction qui s'était jouée de mon esprit. Mon activité scientifique avait été inutile. Je n'avais jamais eu de nouvelles de Geneviève, mais l'oubli n'était pas venu. A cette heure, mes instincts secrets me ramenaient, humble et vaincu, dans le pays où était née celle que j'avais aimée... celle que j'aimais encore !

Dans ce paisible village d'Ustaritz, j'étais venu revivre mes souvenirs d'enfants. J'évoquai Geneviève adolescente dans les prairies et sous les châtaigneraies de la vallée... A cette image fraîche et jeune, tout de suite, ce jour-là, je pardonnai.

Comme tombait le soir, j'arrivai au petit cimetière où reposait mon grand-père Irizarte... où reposait aussi la mère de Geneviève... Et là, devant le calme de la mort, j'osai créer d'autres images que j'avais repoussées jusqu'alors loin de ma pensée. Je revis le parc de Laguessac, et Darley, et son exaltation vagabonde, et les grands yeux étonnés de Geneviève... J'étais tellement désespéré, je me trouvais tellement seul, qu'à cette vision je pardonnai aussi.

Alors ce furent les lettres... les lettres dont les phrases vinrent se poser comme d'horribles monstres, devant mes yeux... les lettres... mon amour

souillé, profané !... Et dans ce calme cimetière d'Ustaritz, je pardonnai encore !
Je l'aimais... je l'aimais toujours !...

Cette crise me révélait les sentiments les plus intimes de mon être.

Résister désormais ! A quoi bon ? Jamais je ne me libérerais ! Tout effort était inutile !

Et comme je glissai vite sur la pente !

Tout de suite, je décidai de revenir à Laguessac. Je vivrais avec le souvenir de Geneviève. J'évoquerais pour moi seul...

Le respect humain m'arrêta.

Tout le monde connaissait là-bas les tristes événements qui m'avaient fait quitter Millau. Peut-être, les premiers jours, m'étais-je exagéré l'intérêt ironique avec lequel on suivait mon aventure. Mais depuis, les journaux avaient laissé suffisamment comprendre la réalité. "L'énigme de Dargilan" n'était une énigme pour personne. Un berger n'avait-il pas déclaré avoir rencontré Geneviève et Darley sur le Causse, très tard, le soir même de "l'accident". A l'époque, je n'avais pas voulu approfondir cette question. J'étais suffisamment convaincu. Mais je craignais maintenant de retrouver à Laguessac les douloureux échos de ma "trop explicable mésaventure".

Je me surpris à hésiter.

Revenir ?... Certes, je me croyais loin de tout faux orgueil, et, cependant, la peur de certaines humiliations inévitables me retint.

Je ne renonçai pas pour cela à mon projet, mais je cherchai à le réaliser par des voies déguisées. Je quittai Ustaritz, et, après un arrêt à Toulouse, j'arrivai à Millau par un train de nuit. Dans cette ville où je comptais beaucoup d'amis, je ne m'arrêtai pas. Je me glissai hors de la gare comme un voleur, et je pris à pied le chemin du Causse.

Au matin, j'étais près de Montpellier-le-Vieux, dans le ravin du Riou-Sec. J'arrivai au petit hameau de Maubert, et, prétextant des recherches à faire dans le cirque de la Millière, je demandai l'hospitalité dans une pauvre ferme.

Je vécus ainsi quinze jours sur le Causse. Le matin, je partais dans la direction de la faille du Tarn. En une heure, j'arrivais sur le bord des falaises. La vallée s'ouvrait au-dessous de moi, et je voyais tout au fond, au bord de la rivière, les maisons de Laguessac.

Aux jumelles, je fouillais le château, le parc. Ma pensée allait toute à Geneviève. Je cherchais la fenêtre de sa chambre, l'allée de chênes où elle se tenait souvent. Je cherchais... oui, je cherchais la pelouse où je l'avais vue la dernière fois avec Darley... Avec Darley !... Eh ! que m'importait ! N'était-ce pas Elle, toujours Elle !

Puis, vers onze heures, je rentrais à Maubert, et le soir, pour motiver ma présence sur le Causse, je me livrais à quelques recherches dans le cirque de la Millière ou au chaos du Rajol. La dolomie bathonienne des Causses a semé le plateau de Maubert d'énormes roches étranges, aux formes les plus inattendues.

Je me promenais dans ce paysage fantastique et désert, suivant, dans les broussailles, les sentiers tracés par les gardiens de chèvres. Je m'intéressais particulièrement aux affouillements successifs du sol dans le vallon du Riou-Sec.

Et ce fut là que je connus Risquail, le vieux berger.

*
* *

Avant de se décider à parler, Risquail m'avait observé plusieurs jours. A Maubert, on lui avait dit que j'étais un "savant" qui était venu travailler sur le Causse. Ainsi assuré de l'intérêt que je prendrais à la question qui lui tenait à cœur, Risquail vint me trouver un jour près de Roquesaltes. Il connaissait, disait-il, sur le plateau, une grotte remarquable qui s'enfonçait très loin sous terre. L'entrée, fort étroite, était dissimulée par des buissons. Le berger s'y était réfugié un jour d'orage, avait exploré plusieurs galeries dont l'une, me déclara-t-il, était splendide.

Il n'avait révélé à personne sa découverte, attendant l'occasion d'en tirer profit. Il était pauvre. Je lui promis une somme assez importante si la caverne présentait un intérêt réel.

En attendant le résultat d'une première exploration, Risquail me demanda de lui garder le secret.

Je l'envoyai à Peyreleau acheter les objets indispensables à une petite expédition souterraine : deux lampes, quelques conserves, trente mètres de corde, des rubans de magnésium ; et nous partîmes un matin, en évitant d'éveiller l'attention des habitants de Maubert.

La caverne était à cinq kilomètres du hameau. Risquail m'entraîna par des sentiers à peine praticables, puis il fallut marcher à travers les genêts et les ronces jusqu'à un rocher que rien ne paraissait différencier de bien d'autres. Écartant les broussailles, le berger dégagea l'orifice d'une étroite fissure que prolongeait un boyau souterrain à pente rapide.

Nos lampes allumées, nous pénétrâmes dans cette galerie.

Avant de m'enfoncer sous terre, j'eus comme un remords, et je faillis ne pas suivre le vieux berger. Je venais de réfléchir qu'à pareille heure, la veille, sur le rebord du Causse je pensais à Geneviève. Aujourd'hui je m'étais laissé prendre à d'autres mirages : j'avais abandonné le Souvenir…

Risquail, étonné de mon hésitation, s'était retourné vers moi. Je ne pouvais plus reculer.

Les cavernes des Causses s'ouvrent généralement au ras du sol, par une sorte de puits béant. Ce sont de véritables gouffres, d'accès difficile.

Ici, nous étions dans une fissure oblique à inclinaison accentuée mais régulière.

Après cinquante mètres de descente environ, la faille s'élargit, et nous conduisit à l'entrée d'une grande salle qu'avait déjà explorée Risquail. Plusieurs galeries en partaient et pénétraient profondément dans le sol. Nous prîmes le premier boyau de droite. Risquail prétendait l'avoir suivi pendant deux heures. Il avait été ensuite arrêté par des éboulis.

Nous descendîmes d'abord par des passages rétrécis et difficiles, puis la marche devint plus aisée. Le boyau paraissait être l'ancien lit d'une rivière souterraine. Il dévalait en pente rapide vers de mystérieuses profondeurs. Nous le suivîmes pendant près de huit cents mètres. A ce moment, nous fûmes arrêtés par le chaos de rocs éboulés que le berger n'avait pas osé franchir.

Je découvris, entre deux rochers, une fissure par laquelle nous pûmes nous glisser et contourner ce mauvais passage.

La pente de la galerie se fit plus marquée, et, après une nouvelle heure de marche, nous débouchâmes dans une caverne fantastique, qui, à la faible lumière de nos lampes, nous parut d'abord une gigantesque crypte aux innombrables piliers.

J'allumai un ruban de magnésium, et le spectacle qui éclata soudain nous immobilisa dans la plus profonde admiration.

Des stalagmites splendides, bien plus élevées et plus nombreuses que celles de l'aven Armand, faisaient de cette salle souterraine une fantastique forêt pétrifiée qui scintillait de mille feux.

Sous un encorbellement de la voûte, descendait une énorme coulée de calcite, prodigieuse cascade immobile, et comme figée dans son cours par quelque enchantement secret.

Ce spectacle féerique ramena ma pensée vers Geneviève. Je me souvenais des tentatives que j'avais faites, jadis, pour initier ma fiancée aux beautés inconnues du monde souterrain.

Hélas ! Geneviève s'était toujours désintéressée de mes explorations et de mes travaux. Elle sentait en elle, sans doute, un monde intérieur autrement énigmatique et redoutable, un monde où bouillonnaient des espoirs fous, des aspirations débordantes, un monde infiniment mystérieux auprès duquel celui que je voulais offrir à sa curiosité n'était rien.

Elle était descendue à Dargilan, mais avec Darley !... et ce n'avait été que pour mieux s'évader vers un Inconnu autrement féerique, vers le plus beau et le plus grand de tous les Inconnus, vers l'Amour... que je n'avais pas su faire naître dans cette âme exaltée !

Un appel de Risquail m'arracha à ces tristes souvenirs. S'étant aventuré imprudemment sur une corniche, le berger avait glissé dans une fissure et se maintenait à grand'peine, accroché à une arête de rocher.

Je courus le dégager, et nous descendîmes en prenant de grandes précautions jusqu'à la partie la plus basse de l'immense salle.

Nous marchions entre des futaies de stalagmites énormes. Je n'avais jamais rien vu de pareil : la forêt, la grande forêt de pierre ! Une rivière souterraine traversait ce monde enchanté et se perdait ensuite dans une galerie basse.

Nous étions sous terre depuis trois heures. L'émerveillement nous empêchait de songer au retour. Risquail proposa d'explorer la galerie de la rivière.

Une corniche courait en surplomb des eaux. Elle offrait une voie d'apparence facile, et nous permit de suivre assez longtemps le ruisseau mystérieux.

Puis le passage se rétrécit. Il fallut à plusieurs reprises marcher dans l'eau glacée. Les difficultés devenaient sérieuses. La voûte s'abaissait de plus en plus. D'une chute brusque, elle descendit enfin presque au niveau de la rivière. La pente devenait en même temps plus rapide, et on entendait au loin le bruit d'une cascade qui se répercutait sourdement dans de mystérieux échos.

Risquail voulut essayer de s'engager sous le rocher. Il s'avança vers le milieu du courant, cherchant l'endroit le plus propice. Il eut bientôt de l'eau jusqu'à la ceinture…

Un peu inquiet, je l'appelai, désireux de lui voir abandonner cette tentative dangereuse…

Ce fut alors que l'accident se produisit. Je vis tout d'un coup le berger glisser, essayer vainement de retrouver son équilibre. Sa lampe tomba dans l'eau et s'éteignit. J'élevai aussitôt la mienne. J'aperçus un bras agrippé au rocher. La face angoissée de Risquail émergea un instant au-dessus des eaux, mais le courant était trop fort, et le berger disparut, entraîné sous la voûte basse.

Je n'avais pas eu le temps d'intervenir et je restai atterré devant cette catastrophe. Comme je désespérais, il me sembla entendre dans le lointain un faible cri. Puis ce fut de nouveau le silence, troublé seulement par le bruit assourdi de la cascade.

J'appelai de toutes mes forces, et je crus percevoir une voix indistincte qui me répondait. L'écho, peut-être… mais peut-être aussi Risquail perdu dans la nuit et l'épouvante !

Je n'hésitai pas. Je fixai un bout de ma corde à un gros rocher, et, attachant l'autre extrémité à ma ceinture, je décidai d'aller au secours du berger.

Le danger était grand. J'avais toutes chances de périr dans cette tentative. Je me recueillis un instant, quelques secondes à peine, et ce fut à Geneviève, à Elle, toujours à Elle, que je pensai. J'allais peut-être la perdre pour toujours… Pour toujours ! Ma pensée la plus intime, celle que je n'avais jamais osé m'avouer, avait toujours été que Geneviève reviendrait. Elle se lasserait de Darley… ou peut-être Darley se lasserait d'elle… Alors… j'aurais pu… Ah ! comme je l'aimais… comme je l'aimais malgré tout et malgré elle !… Maintenant, j'allais sans doute perdre ma dernière et misérable chance…

J'entrai dans l'eau glacée. Le courant m'entraînait, mais je ne lâchais pas la corde. J'avançais avec une prudence extrême. Je fus bientôt au milieu de la rivière. A cet endroit, la voûte rocheuse sous laquelle je devais m'engager se tenait à cinquante centimètres au-dessus de l'eau ; on pouvait tenter le passage.

Je me baissai pour ne pas heurter le roc. Cramponné à la corde, tenant la lampe au-dessus de ma tête, je progressai lentement...

Et, malgré ma prudence, je subis moi aussi le sort du berger. Je glissai sur un galet et perdis l'équilibre. Le courant me renversa. Ma lampe grésilla un instant et s'éteignit. Je fus roulé par les eaux. La corde attachée à ma ceinture me retint un moment, puis se rompit. Il me sembla glisser dans une nuit liquide et froide. Confusément, j'essayai de nager, de me maintenir à la surface. J'entendis le bruit de la cascade résonner comme dans une immense cavité. Je dus crier à mon tour, appeler, me débattre...

Soudain, j'eus une impression de vertige. Une sensation de chute me coupa la respiration. J'étais au milieu d'un bruit infernal qui se répercutait de tous côtés : la cascade sans doute, la cascade !... Je sentis un coup violent qui semblait m'avoir été asséné à la fois sur tout le corps... Et ce fut la fin. Je perdis connaissance. Je n'étais plus qu'une loque inerte, qui roulait dans la nuit sépulcrale, vers des horizons inconnus.

*

* *

Combien de temps suis-je resté ainsi, inanimé, insensible à toute vie extérieure ?

J'ai essayé plus tard de chercher, de savoir. J'ai retrouvé des bribes de sensations confuses, sans lien précis.

Vague impression de lumière d'abord. Bain de clarté silencieuse. Bourdonnement du sang dans les artères d'un corps que je percevais confusément, qui était peut-être mon corps... Puis un souvenir insaisissable : le fantôme d'une nuit où se débattaient des ombres, où oscillaient des chutes... La nuit, la nuit profonde... Une vision plus précise : la lampe éclairant la voûte mystérieuse. Non, c'était avant, cela... avant... Et le noir de nouveau, le noir impénétrable !

Le noir !... Cette clarté pourtant ?... Cette clarté immobile ? Je cherchais à me dégager du brouillard qui enlisait ma pensée.

Et, peu à peu, des images indécises d'abord, puis qui se précisaient, émergeant de l'ombre : la chute dans l'eau, la lutte dans l'obscurité.

Oui, je me souvenais maintenant... Mais l'obscurité... c'était cela que je n'arrivais pas à comprendre. J'avais, en effet, l'impression d'une clarté qui pesait presque douloureusement sur mes paupières closes.

J'hésitai un moment... j'ouvris les yeux...

Le jour ! C'était le jour !... Une lumière un peu étrange, bleuâtre... Où étais-je donc ?... La caverne !... Ah oui ! La caverne ; cette voûte... Non, cependant ! La voûte était ici régulière, comme arasée, et s'appuyait sur des parois verticales...

Je me redressai péniblement.

Mais ces parois !... Des murs !... De véritables murs !... Une caverne ? Non ! Une salle plutôt, une salle aux proportions grandioses. De larges fenêtres cintrées laissaient pénétrer de dehors cette lumière pâle, que je voyais, mais que je ne reconnaissais pas. Assez loin devant moi, un énorme rideau descendait de la voûte et semblait fermer cette immense nef.

De grandes dalles imbriquées en mosaïque recouvraient le sol. Tout à côté de moi, une paroi d'une substance polie, brillante, se dressait jusqu'à une hauteur de cinq à six mètres. Le long des murs, je remarquai bientôt d'autres constructions qui ressemblaient à d'immenses coffres. Au milieu de cette étrange nef, enfin, une grande vasque, soutenue par quatre colonnes, s'élevait à deux mètres du sol.

Peu à peu, je percevais mieux les détails, la richesse sobre des tentures, et l'étrangeté du... (ma foi, oui, comment l'appeler autrement ?)... du "mobilier", une sorte de mobilier gigantesque qui garnissait cette salle.

Un hall ! Un hall grandiose ! Destiné je ne savais à quel usage.

Je m'aperçus alors que j'étais couché sur une énorme dalle surélevée, recouverte d'un tapis tissé à très gros points, et dans lequel je me trouvais à moitié enfoui. Cette "table", si je puis ainsi parler, était rangée le long du mur opposé au fameux rideau.

Interloqué, j'essayai de me lever. J'arrivai péniblement sur le bord du tapis. Je fus alors arrêté par un à-pic de plusieurs mètres qui me séparait du sol. Je me sentais trop affaibli pour descendre.

D'ailleurs, une inquiétude me gagnait. Tout ce que je voyais autour de moi, cette salle, ce "mobilier", tout cela n'était pas à mon échelle, et ne représentait pour moi rien de déjà vu, rien d'humain. Cette lumière enfin... cette lumière bleuâtre... Où me trouvais-je donc ? Aux mains de quelle force peut-être cruelle... ?

A ce moment, le rideau qui fermait l'immense salle se souleva, et je vis, s'encadrant dans le jour bleuâtre, s'avancer vers moi... une gigantesque masse brune, un animal énorme, haut de sept à huit mètres à la structure écrasante et fantastique.

Le corps aux proportions gigantesques, puissamment assis sur des membres larges et bas, était recouvert de longs poils laineux qui retombaient presque jusqu'à terre. La tête, débordante et massive, portait un puissant appendice en forme de trompe, que protégeaient deux énormes défenses d'une blancheur éclatante...

Et, sur les côtés de cette tête monstrueuse, je vis deux grands yeux calmes et bienveillants qui me regardaient...

Je reculai instinctivement contre le mur.

Le monstre s'arrêta pour ne pas augmenter ma frayeur.

Cette immobilité majestueuse, et aussi ce regard très doux qui restait posé sur moi m'invitaient au calme et à la confiance.

Rassuré à demi, j'examinai attentivement cette fantastique apparition... et peu à peu montait dans mon esprit le souvenir d'un animal fabuleux, que je connaissais pour en avoir lu maintes descriptions dans les livres de préhistoire.

Seulement, ce que j'avais considéré jusque-là comme une reconstitution purement théorique, mais combien effrayante cependant, d'une espèce disparue... cela se présentait devant moi, cela vivait, cela évoluait devant mes yeux.

Cet animal extraordinaire et fantastique, c'était, ce ne pouvait être, en effet, que l'*Elephas primigenius*, le roi du Monde Quaternaire, l'Éléphant laineux, le Mammouth !...

Me voyant plus rassuré, l'énorme bête avança de son pas lent et majestueux.

Elle avançait... et soudain :

— *Ez beldourik izan. Hemen Moundouko Erregearen gerizan zare !*

Je restai confondu.

— *Moundouko Erregea !* m'écriai-je.

— *Baï. Moundouko Erregea : Mamou Ourdina !*

Un mammouth ! J'étais devant un mammouth !... Ce mammouth parlait !... Et, phénomène fantastique, inconcevable, CET ANIMAL MONSTRUEUX PARLAIT LE BASQUE LE PLUS PUR !

*
* *

Le mammouth approcha encore et s'arrêta à peu de distance de ma "table". J'étais stupéfait de cette rencontre invraisemblable, de tout ce fantastique, et de ce regard surtout, de ce regard si remarquablement intelligent, que je voyais posé sur moi. J'étais bouleversé, abasourdi... et cependant, impression étrange, déjà je n'avais plus peur.

— Êtes-vous mieux maintenant ? interrogea le monstre.

— Mieux ? Je ne sais... Je me trouve surtout... déconcerté... Votre présence... Ce langage... Le roi du Monde ! Vous avez parlé du Roi du Monde ?

— Vous êtes ici sous la protection du Roi du Monde, vous ai-je dit. Et le Roi du Monde est notre maître à tous, le très puissant, très haut et très respecté Khan-Aren-Khan, le Mammouth Bleu.

Cette conversation s'était poursuivie en basque, et je continuai dès lors à me servir de cette langue que le mammouth, à mon profond étonnement, parlait avec la plus grande aisance.

— Le Mammouth Bleu ! me récriai-je. Qui est donc ce Mammouth Bleu ?... Et quel est ce pays ?... quelle terre extraordinaire ?...

— Vous êtes dans la Grande Euscarie, répondit le mammouth, non loin de la ville de Yalna. Je me nomme Ayné-Khan, et je possède ici cette modeste maison de campagne.

— Mais la langue basque, l'escuara enfin, comment connaissez-vous ?…

— L'escuara est la langue originelle des mammouths, la plus vieille langue du monde.

— Une des plus vieilles langues du monde, oui, je sais. De là à supposer…

— Les mammouths parlaient l'escuara bien avant les hommes.

Je restais interdit devant l'étrangeté de ces révélations.

— Mme Ayné-Khan, reprit le mammouth, vous a trouvé, il y a quelques heures, sur le bord du lac Beltal.

— Le lac ! fis-je, ramené soudain à la réalité de mon aventure. Je m'explique, maintenant !… La rivière souterraine… la caverne… ma chute dans le gouffre…

— Il est miraculeux que vous ayez survécu. La rivière de l'Ondac descend de la surface du globe par des voies souterraines que nous avons explorées jusqu'à la cascade d'Init. Vue de notre côté, cette cascade nous a toujours paru infranchissable. Peu après son entrée en Euscarie, l'Ondac se jette dans le lac Beltal sur le bord duquel les eaux vous ont déposé.

— Et le berger ? Avez-vous trouvé le berger ?

— Vous étiez sur le sable, inanimé. Vous étiez seul.

Je racontai brièvement notre exploration, et comment le berger avait été le premier entraîné par les eaux.

— Votre compagnon est certainement mort, me répondit le mammouth.

— Mais cette lumière ? demandai-je encore, cette lumière ? Nous sommes sous terre, dites-vous. Comment se fait-il ?…

— L'éclairage à "l'argain" a été peu à peu étendu à toute la Grande Euscarie. L'argain est une lumière diffuse produite par les émanations radio-électriques captées dans les mines de Ghord.

— Et cet éclairage ?…

— …est assuré d'une façon continue par le Dhôme de Yalna. Nous ignorons ici cette désagréable incommodité constituée à la surface du globe par la succession des jours et des nuits. Nous vivons en Euscarie dans une clarté perpétuelle.

— Ce que vous appelez l'Euscarie serait ainsi une sorte de grande caverne ?

Le mammouth sourit. Du moins, il me sembla que ses yeux se faisaient malicieux, et que les commissures des lèvres remontaient un peu plus vers les larges oreilles.

— Une assez vaste caverne, oui, répondit-il d'un ton moqueur, puisque la Grande Euscarie correspond à l'étendue de plusieurs de vos États.

Et devant ma stupéfaction visible :

— Cette caverne est, en réalité, un immense empire. Vous ignorez tout de notre monde souterrain, mais vous appendrez vite. Ne vous fatiguez pas aujourd'hui. Mme Ayné-Khan voudrait vous présenter ses devoirs. Permettez-moi de la faire entrer.

Le rideau se souleva, et ce fut une seconde apparition fantastique. La mammouthe était presque aussi grande qu'Ayné-Khan. Mais il y avait dans son allure une certaine grâce, une certaine souplesse, une féminité qui transparaissait sous l'énorme masse de la bête. Les yeux étaient bons et très doux.

— Mme Ayné-Khan parle-t-elle aussi le basque ? demandai-je.

— Tout aussi bien que vous-même.

La mammouthe s'avançait, amusée de mon étonnement.

— Ainsi, c'est vous, madame, qui m'avez sauvé ?

— Sauvé serait trop dire. Trouvé seulement.

La voix était harmonieuse et chaude.

— J'étais allée promener notre petit Eloh sur le bord du lac. Vous étiez là, évanoui sur le sable. Eloh a eu peur. Il est venu se réfugier près de moi. Alors je me suis approchée, et je vous ai ramené. Mais Eloh n'est pas encore très rassuré.

Dans le fond de la salle, le rideau s'agitait.

— Voyez, fit la mammouthe, il n'ose pas entrer. Il est si jeune, si chétif.

De sa trompe, Ayné-Khan souleva le rideau et saisit par l'oreille un monstre beaucoup plus petit, de trois mètres de haut à peine, et qui était le portrait vivant, en réduction bien entendu, de Mme Ayné-Khan. Le jeune mammouth était sans doute aux premiers stades de son développement. Il avait cette allure déjetée, dégingandée, des adolescents qui ont poussé trop vite.

— C'est une grande joie, dit Ayné-Khan, que nous a donné le Mammouth Bleu en nous permettant de procréer notre petit Eloh.

— Voudriez-vous dire que, sans cette autorisation…

Mme Ayné-Khan prit un air de réserve un peu scandalisé :

— Sans l'assentiment du Roi du Monde, me déclara-t-elle, ce serait vraiment très mal de nous permettre d'accroître le nombre des mammouths d'Euscarie… Jamais un mammouth ne s'est permis d'enfreindre la loi. Chez vous, continua-t-elle, il règne sur ce point des libertés déplorables. Angela nous disait…

Ayné-Khan l'interrompit :

— Pourquoi parler d'Angela ?

— J'ai fait avertir à Yalna, expliqua la mammouthe. Khan-Aren-Khan ne s'oppose pas, tout au contraire.

— Et Ibrida ?

— Il ne sait pas encore. Mais pourquoi nous occuper de lui ? J'avais envoyé Eloh à Pokmé. Angela est venue. Elle attend.

J'écoutais sans comprendre.

— Ne soyez pas trop surpris, me dit Ayné-Khan. Eloh va vous présenter sa petite amie.

Eloh sortit en faisant quelques bonds de joie et disparut derrière le rideau. Il revint presque aussitôt, écartant de sa trompe la lourde draperie. Il avançait doucement, l'œil malicieux…

Et, tout à côté de lui, tout en bas...

...Geneviève !... C'était Geneviève !...

Je me dressai sur le tapis.

— Geneviève !

Elle courut aussitôt vers moi.

Ayné-Khan étendit sa trompe, souleva la jeune fille et la déposa délicatement à mes côtés.

— Geneviève ! Geneviève !

— André !

Mme Ayné-Khan nous contemplait, curieuse, et le jeune Eloh cabriolait de joie sur les dalles.

*
* *

Geneviève était dans mes bras. La retrouver ici ! Je ne comprenais pas encore... Je ne comprenais pas, mais je ne cherchais pas à savoir. Dans notre trouble, en effet, Geneviève s'était abandonnée sur mon épaule... Son regard profond se perdait dans le mien... Alors je me penchai vers elle... et mes lèvres furent sur ses lèvres... Je la sentais donnée, vibrante... Jamais je ne l'avais vue ainsi... Jamais je n'avais ressenti une telle folie, un tel désir de me fondre dans elle...

Et il me semblait... oui, elle aussi certainement à cette heure trouble...

Mais déjà elle se dégageait.

— André ! à quoi songeons-nous ?

Mme Ayné-Khan s'était rapprochée. Ses yeux brillaient d'une lumière mystérieuse.

— C'est ma fiancée, criai-je, ne comprenez-vous pas ?... Ma fiancée !

Le regard de la mammouthe sembla chercher dans un passé perdu. Ses larges oreilles frémissaient, attentives, comme devant un troublant Inconnu.

— Votre fiancée ! s'étonna-t-elle. Ici, nous l'appelons Angela.

— Ma cousine, oui, ma fiancée... Nous devions...

Mais j'étais repris par Geneviève.

— Savais-tu ? lui demandai-je... T'avait-on dit ?...

— Non. Eloh est venu m'avertir que les mammouths avaient trouvé quelqu'un de ma race sur le bord du lac... Quelqu'un ! Comment supposer que ce fût toi ! Par quelle voie es-tu parvenu jusqu'ici ?

— Mais toi-même, Geneviève ?

— Pour moi, tu n'ignores pas sans doute le début de mon aventure. A Dargilan, on a dû signaler notre disparition.

— Dargilan ! fis-je, c'était donc vrai !

Geneviève me regardait, étonnée :

— Un accident, continua-t-elle. Je t'expliquerai.

Une question vint tout de suite à mes lèvres :

— Et... Darley ? demandai-je.

— Darley est mort.

Geneviève avait prononcé cette phrase avec une telle indifférence, une telle froideur, que je compris combien le peintre était oublié, effacé. Elle ne l'aimait plus... L'avait-elle aimé seulement ?

Aussitôt de folles pensées m'envahirent.

Je ne songeai plus à notre situation étrange, à cette extraordinaire aventure, à ce pays souterrain, à ces mammouths. Je songeai seulement que j'avais retrouvé Geneviève. Elle était libre. J'étais seul avec elle dans ce pays singulier, d'où nous ne sortirions sans doute jamais, ni l'un ni l'autre. Qui viendrait me la disputer ici ? Elle était à moi, bien à moi !

...Et, dans ma folie, je me penchai sur elle de nouveau, je cherchais ses lèvres...

Cette fois, elle me repoussa, nerveuse, impatientée presque.

Un pli barrait son front.

— Excuse-moi, André, me dit-elle. La surprise, la joie de te revoir me faisaient oublier...

— Qu'as-tu donc, Geneviève ? Qu'est-ce qui peut te troubler ainsi ?

Elle achevait de se dégager.

— Je ne puis rester, André. Non, aujourd'hui... aujourd'hui encore...

— Tu ne peux rester ?

— Je suis venue très vite, comprends-tu... pour savoir... Maintenant, il faut que je retourne là-bas... Je ne pouvais pas... Non, je ne pouvais pas me douter...

Elle se levait.

— Ce n'est pas vrai, m'écriai-je. Tu veux m'éprouver seulement. Tu ne vas pas me quitter, m'abandonner... Geneviève, je t'en supplie... parle, explique-toi !...

Je la sentais loin déjà, très loin, reprise par une force étrangère.

— Je reviendrai, André, me dit-elle. Demain... certainement... demain... Mais ce soir... je ne puis pas encore...

J'étais complètement démoralisé, affolé par ce menaçant inconnu que je sentais se glisser entre Geneviève et moi.

— N'es-tu donc pas libre ? m'écriai-je.

Elle avait détourné la tête... De la main, elle fit un signe au mammouth.

Ayné-Khan glissa doucement sa trompe sur la "table". Geneviève s'assit et le mammouth déposa ma fiancée sur le sol.

— Prends patience, André, me dit-elle... Demain... oui, demain, je reviendrai.

Je voulus essayer de descendre pour suivre Geneviève.

Mme Ayné-Khan me retint. Puis, de sa trompe, elle saisit sur un des grands meubles une coupe de métal qu'elle me tendit :

— Le docteur Yérémi-Khan a recommandé de vous faire prendre ceci à votre réveil. Cet élixir vous redonnera des forces, et en même temps le repos dont vous avez besoin.

Je n'écoutais pas.

— Geneviève ! appelai-je. Geneviève !

Le rideau était retombé et ne bougeait plus.

J'étais désespéré, anéanti… Alors, machinalement, je pris la coupe que me tendait Mme Ayné-Khan, et je bus.

Je sentis une chaleur nouvelle qui coulait en mes membres, puis l'immense salle parut se voiler d'un brouillard qui gagnait vers moi, m'enveloppait. J'eus un court instant de vertige, je retombai sur le tapis… Et là presque aussitôt, très doucement, je m'endormis.

*

* *

A mon réveil, je me trouvais toujours sur la mystérieuse "table". A côté de moi, Eloh était étendu, immobile. Ce qui m'avait paru représenter une "table" était sans doute le lit de repos du jeune mammouth. Je cherchai à m'écarter de ce corps velu, mais, dès qu'il me sentit remuer, Eloh se souleva, laissa glisser ses deux pattes de devant sur le sol, et me regarda de ses yeux amusés, comme s'il voulait jouer avec moi.

Une idée passa aussitôt dans mon esprit.

— Eloh, demandai-je, sais-tu où est Geneviève ?

— Elle ne s'appelle pas Geneviève, me répondit-il. C'est Angela qu'il faut dire.

— Eh bien ! conduis-moi auprès d'Angela, veux-tu ?

Cette idée parut l'amuser beaucoup.

Il me tendit sa trompe pour descendre, et manifesta sa joie en faisant claquer ses oreilles.

— Oui, viens, me dit-il, allons la voir.

Je le suivis à pas rapides.

Il souleva le rideau. Nous étions dans un jardin dont la végétation rappelait les plantes à larges feuilles des forêts tropicales.

Ce qui me surprit le plus à cette première sortie fut l'état singulier de ce qui, chez nous, aurait été le ciel. En cette étrange Euscarie, la voûte céleste était remplacée par une sorte de brouillard uniformément lumineux.

Sous cet éclairage diffus, et si nouveau pour moi, toute notion de temps m'échappait.

— Est-ce le jour ou la nuit, maintenant ? demandai-je à Eloh.

Mais ces termes de "nuit" et de "jour" ne paraissaient avoir pour Eloh aucune signification. Il me regarda sans comprendre, et ne répondit pas.

Je me retournai alors, curieux de voir l'aspect que prendrait, vue de l'extérieur, la demeure d'Ayné-Khan.

C'était un cube énorme, massif, construit en pierres polies. On sentait que le style avait été volontairement négligé au profit du confort ou de la commodité d'accès. De vastes ouvertures éclairaient plusieurs grandes salles, analogues sans doute à celle que nous venions de quitter. Il ne semblait pas y avoir d'étages superposés, car la hauteur du bâtiment ne dépassait pas une quinzaine de mètres. Une porte monumentale occupait un côté de l'édifice.

— Toutes vos habitations sont-elles construites ainsi, demandai-je à Eloh ?

— Toutes, oui, mais, à Yalna, il en est de bien plus grandes. Seulement il est défendu de jouer là-bas. Veux-tu que je te porte, ajouta-t-il ? Je porte Angela souvent. Nous serons ainsi plus vite à Pokmé.

J'hésitai, me demandant de quelle manière j'arriverais à monter sur la croupe d'Eloh. Le jeune mammouth comprit mon inquiétude.

— Assieds-toi, me dit-il.

Il me tendit sa trompe. Je m'accrochai aux poils un peu courts et raides. Vivement Eloh me souleva de terre, et je me trouvai presque aussitôt assis à califourchon à la naissance de son cou. Le poil plus abondant formait à cet endroit une crinière laineuse au milieu de laquelle je n'eus aucune peine à m'installer et à me tenir.

Eloh partit à vive allure, à travers d'immenses prairies et des champs verdoyants, où semblait cultivée une plante basse, à très larges feuilles, dont l'aspect ne me rappelait rien de connu.

Des ruines apparurent bientôt sur le penchant d'une colline.

— Voici Pokmé ! me dit Eloh.

— Pokmé ?

— Oui, Pokmé, l'ancienne capitale.

— Et Geneviève, Angela veux-je dire, habite cette ville détruite ?

— Elle est dans le Grand Palais. Je vais te faire entrer par les jardins. Tu la surprendras.

Nous avancions maintenant au milieu de ruines splendides. Des édifices somptueux, à demi éboulés, se succédaient au long d'une imposante avenue. J'étais surtout frappé par le fait que cette ville paraissait bâtie à l'échelle de l'homme. Les murs étaient ornementés extérieurement avec une richesse décorative surprenante, mais tout tombait en ruines, et les rues restaient désertes.

Arrivés sur une grande place d'une pureté de lignes que le temps n'avait pu effacer, Eloh s'arrêta. Nous étions devant un palais magnifique, analogue comme style aux temples d'Angkor, mais les toits et les coupoles étaient remplacés ici par de vastes terrasses aux étagements successifs.

— Nous allons passer par les jardins, m'expliqua Eloh.

Sur le côté du palais, il prit une avenue plus étroite, et s'arrêta bientôt auprès d'un mur à demi éboulé. Me saisissant alors dans sa trompe, il me souleva et me déposa dans un parc où quelques allées semblaient encore vaguement entretenues.

— Au fond, me dit-il. Avance au fond des jardins. Tu trouveras.

Je m'engageai dans une allée. La blancheur des bâtiments transparaissait à travers le feuillage, et j'arrivai bientôt devant le palais.

Une rampe monumentale, à pente très douce, donnait accès à un terre-plein, sur lequel s'ouvrait un élégant péristyle à colonnes. Deux étages de loggias couraient au long de l'édifice. Au-dessus s'élevaient d'immenses terrasses bordées de galeries couvertes. L'ensemble était d'une étonnante richesse ornementale.

Plus je m'approchais et plus je percevais l'état de délabrement avancé de ce somptueux palais. Les pierres étaient rongées par le temps et s'effritaient en poussière. Je m'arrêtai un moment sous le péristyle. Le fût des colonnes était fait d'un métal jaune un peu plus clair que l'or. Les chapiteaux, édifiés en pierre polie et très finement sculptés, avaient subi de graves dégradations. Les arabesques étranges dont ils étaient ornementés avaient perdu toute netteté de ligne.

On n'entendait aucun bruit à l'intérieur du palais. L'édifice semblait abandonné. J'arrivai devant une porte de style délicieusement archaïque. Elle était ouverte. J'entrai.

Je me trouvais dans un vestibule dont les murs étaient incrustés de mosaïques. Un large plan incliné bordé d'une rampe monumentale montait vers les étages supérieurs. Mes pas résonnaient sur les dalles. Je frappai à plusieurs portes. Personne ne répondit.

Je m'apprêtais à revenir sous le péristyle, lorsque, soudain, j'entendis à l'intérieur de l'édifice une voix un peu lointaine qui appelait :

— Ibrida !

Et cette voix… oui, il me semblait…

Je courus jusqu'à l'extrémité du vestibule. Là, je pris un couloir transversal. Tout au fond, j'aperçus une porte entr'ouverte... et Geneviève, un peu inquiète, qui appelait.

Dès qu'elle me vit, son attitude se fit à la fois calme et sévère.

— Toi ici !

— Geneviève !

Mais elle ne semblait pas disposée à se laisser émouvoir.

— Comment es-tu venu ? demanda-t-elle.

— C'est Eloh qui m'a conduit.

— Mme Ayné-Khan n'est pas avertie, sans doute ?

— Non. Je ne l'ai pas vue à mon départ.

— Tu as commis une grande imprudence, André.

— Une imprudence, protestai-je. Eh ! que m'importe ! Crois-tu que je puisse te savoir si près et rester séparé de toi ! J'ignore les raisons qui t'ont fait adopter cette retraite, mais ta vie est la mienne. Je ne veux pas te perdre de nouveau. Nous sommes toujours fiancés, Geneviève.

— Fiancés ! fit-elle, rêveuse.

Et, détournant la tête :

— Entre, dit-elle enfin.

Je la suivis. La pièce dans laquelle je pénétrais était meublée avec un luxe rare, et meublée cette fois "à notre échelle". L'ensemble donnait l'impression d'un intérieur oriental, avec de confortables lits de repos très bas et couverts de coussins.

— Où sommes-nous ici ? demandai-je.

— J'aurais préféré t'expliquer cela plus tard. Tu as eu tort de venir. J'avais pourtant recommandé à Ayné-Khan…

— Je t'ai dit qu'Ayné-Khan ignore ma visite. Je ne pouvais plus rester sans te voir. Je comprends qu'il y a autour de moi un mystère. Ton existence est sans doute soumise à certaines lois, à certains règlements. Je suis prêt à me soumettre moi aussi à ces lois, à ces exigences... mais je ne veux pas être séparé de toi !

Geneviève releva ses cheveux, et je vis passer dans son regard une inquiétude, presque de l'effroi.

— Rien ne peut nous séparer, maintenant, insistai-je.

— Rien… oui… peut-être…

Soudain Geneviève devint très pâle. Son regard se fixait sur la fenêtre, derrière moi.

Je me retournai, et, dans le cadre de la baie, je vis une face douloureuse, affreusement tourmentée, une tête d'homme splendide, mais ravagée par une anxiété profonde.

Je me précipitai vers l'ouverture… J'aperçus un buste nu, d'une nudité superbe, digne de la plus belle statuaire antique… Comme j'approchais encore, le buste recula brusquement… j'entendis sur le sol un bruit de sabots… et je vis… Ce buste d'homme… CE BUSTE D'HOMME ÉTAIT POSÉ SUR UN CORPS DE CHEVAL !

J'eus l'impression d'une monstruosité horrible, d'une monstruosité à côté de laquelle celle du mammouth n'était rien… Je restai interdit devant cette révélation… Alors le monstre, piaffant des quatre pieds, se retourna, et, me jetant un regard désespéré, partit au galop dans une allée du parc.

Geneviève restait immobile. Elle avait dans ses yeux une lueur de défi.

— Es-tu satisfait ? me dit-elle. Tu sais, maintenant !

— Un…

— Un Centaure, oui, un des derniers Centaures !

— Mais comment ?…

— Les Centaures régnaient jadis, il y a bien des siècles, sur l'immensité des états souterrains… Puis les Mammouths sont venus… Ibrida, que tu viens de voir, est le dernier roi de Pokmé. C'est lui qui m'a donné asile.

J'évoquai la face douloureuse, angoissée...

Et je sentais une pensée trouble, trouble... qui montait... qui prenait corps...

— Tu as préféré cette demeure à celle des mammouths ? demandai-je.

— Les mammouths sont bienveillants, mais, chez eux, rien n'est fait pour nous et la vie est impossible. Ici, au contraire... D'ailleurs, ajouta-t-elle, rêveuse, je n'ai pas eu le choix. C'est Ibrida que j'ai connu d'abord. C'est lui qui m'a recueillie... Depuis... j'habite le palais.

— Si tu restes à Pokmé, je veux rester aussi, déclarai-je avec fermeté.

— Rester, oui...

Geneviève hésitait :

— Rester ! reprit-elle... Je ne sais cependant... Il faudrait...

Elle frappa sur un gong.

J'entendis dans le vestibule une sorte de petit trot. La porte s'ouvrit. Une face de vieillard, toute ridée, parut, puis le corps suivit, les pectoraux amaigris, les bras flasques... et les quatre membres inférieurs enfin, cagneux et tremblotants.

— Oucha, dit Geneviève, va me chercher ton maître.

Le vieux Centaure se retira, non sans m'avoir jeté un regard curieux et inquiet.

— Oucha est notre seul serviteur. La race des Centaures s'éteint, et leur ville tombe en ruines.

— Il faut tout me dire, Geneviève... Ton existence dans ce palais, seule avec ces monstres...

Mon insistance l'importunait, mais elle comprit qu'elle ne pourrait indéfiniment retarder certaines explications.

— Tout remonte à cette malheureuse journée de Dargilan, me déclara-t-elle.

— Eh bien ! explique-moi cela d'abord.

Geneviève me raconta le début de son aventure, comment Darley l'avait emmenée à Dargilan, et comment le peintre, la séparant des autres visiteurs, avait réussi dans la salle de l'Église, croyait-elle, à l'entraîner dans une galerie latérale.

— Dans la salle de l'Église, m'écriai-je, oui, je vois, la Galerie carrée sans doute, un passage non aménagé, le Puits de la Falaise.

— Peut-être. Je connais très mal la grotte. Je puis me tromper.

— Il y a dans cette direction de gros dangers.

— Darley les ignorait. Il voulait parcourir la grotte, seul, sans guide, avoir ainsi toute liberté pour admirer... Dès que nos compagnons eurent disparu, il alluma une lampe électrique de poche qu'il avait eu soin d'emporter. Nous avançâmes dans la galerie...

Geneviève hésitait maintenant. Je sentais qu'elle ne me dirait jamais toute la vérité.

— Tu dois comprendre la suite de cette folie, reprit-elle. A un passage étroit, je glissai dans une fissure. Voulant me venir en aide, Darley glissa à son tour. Nous roulâmes dans un couloir de rochers, Darley se tua dans sa chute. Pour moi, je tombai dans un trou de glaise molle où je m'enfonçai à demi.

"L'obscurité était complète. Je criai, j'appelai au secours. Péniblement, je parvins à me dégager. En rampant sur le sol, je rencontrai le corps de Darley. La main du malheureux était crispée sur la lampe, qu'il n'avait pas abandonnée.

"J'étais affolée, mais décidée à tout pour vivre. La lampe devait être brisée. Une chance restait cependant. J'écartai les doigts raidis. Je dégageai le boîtier de métal. J'appuyai sur le contact… Et ce fut de nouveau la lumière ! Il me semblait revivre. C'était plus qu'il n'en fallait pour revenir à l'entrée de la grotte.

Geneviève s'arrêta un instant, troublée par ces douloureux souvenirs.

— Je compris tout de suite, reprit-elle, que je ne pouvais pas remonter par la fissure dans laquelle nous étions tombés. Le rocher lisse et abrupt ne donnait aucune prise. Devant moi, au contraire, une galerie dévalait en pente douce. J'espérais rejoindre par cette voie les parties explorées de la grotte, celles que parcourent les touristes. J'abandonnai sans hésitation le cadavre de Darley, et je m'aventurai dans la galerie.

"Le sol était sablonneux, assez régulier. J'avançais sans difficultés. Je marchai longtemps. Je traversai plusieurs salles dont je distinguais à peine la voûte. De nombreuses galeries se croisaient. Je choisissais instinctivement les voies les plus faciles. Bientôt je n'eus plus conscience de la direction dans laquelle je me trouvais. J'observai seulement que les galeries s'enfonçaient toujours plus profondément dans le sol. Cette constatation m'affola.

"A partir de ce moment, je n'ai que des souvenirs confus. Il me reste l'impression d'avoir erré trois ou quatre heures dans ce dédale souterrain. Je désespérai de revoir jamais le soleil. Une seule pensée me guidait, une pensée que je ne discutais même pas : avancer, avancer toujours.

"…Et je m'aperçus que la lumière de la lampe faiblissait. J'essayai de courir. Mais le sol était inégal. A certains passages j'avançais péniblement. J'étais exténuée, haletante. Enfin un gros bloc de rocher m'arrêta. Découragée, je m'affalai sur la pierre… Puis la pensée de la mort horrible qui m'attendait me redressa. Je parvins à franchir l'obstacle… Alors, comme j'arrivais de l'autre côté, il me sembla voir dans le lointain une clarté indécise !

"Je courus. Je tombai. Je me traînai. Je parvins enfin dans une caverne aux parois étincelantes de cristaux… Et par une ouverture du rocher… Le jour !… c'était le jour !… Je poussai un cri de délivrance… J'appelai…

Geneviève semblait gênée maintenant. Elle m'en voulait de l'avoir contrainte à ce récit.

— A mon cri, continua-t-elle, un autre cri avait répondu… A l'entrée de la grotte, je vis apparaître… un homme… un torse d'homme plutôt, dressé dans la lumière… (elle hésita un instant, puis d'une voix éteinte, un peu tremblée): un torse d'homme DRESSÉ SUR SES QUATRE PIEDS !

— Ibrida ! m'écriai-je. Le Centaure ! Le monstre !

— Ibrida, oui !… Il était venu rêver à la "grotte des Fées".

Elle avait pris une sorte d'aisance factice :

— Une vieille légende de ce pays, m'expliqua-t-elle, raconte que trois fées sortirent jadis de cette grotte, et vécurent longtemps avec les centaures.

— Un accident peut-être. Une aventure semblable à la tienne.

— Peut-être. Bref, j'étais moi aussi la fée, la nouvelle fée. Ibrida s'attacha d'abord à me rassurer. Il m'amena dans son palais. Là il me raconta sa vie et les malheurs de sa race. Il était un des derniers centaures… J'eus la faiblesse de l'écouter. La pitié me rapprocha de ce malheureux… Alors…

Le regard de Geneviève s'était fait volontaire, dur.

— Alors, tu vois, dit-elle… je suis restée !

J'étais interdit. Je n'osais comprendre. Comprendre ?… Oui, évidemment… Darley… elle l'avait suivi… ils voulaient être seuls... seuls !... Je souffrais horriblement… Mais enfin de cela, de tout cela, je n'ignorais rien… J'avais lu les lettres !… Darley ! Oui ! J'étais bien forcé de comprendre… Mais enfin Darley était un homme ! Il était même maintenant un homme mort… mais l'autre, le Monstre !...

Et je revoyais la face douloureuse et inquiète…

— Il était roi, ajouta Geneviève doucement, roi !… Le dernier roi de Pokmé !

Geneviève n'avait pas changé ! Je n'avais que trop connu jadis ces rêves chimériques, ces exaltations folles, qui faisaient ployer son esprit comme sous une attraction magique.

— Un roi ! m'indignai-je. Dis plutôt un monstre, un monstre horrible !

— Un monstre, oui, peut-être. Au début, cela me semblait ainsi. Puis…

Et, devenue soudain mauvaise, agressive :

— Eh ! que m'importe, enfin ! Un monstre, dis-tu ? Et s'il me plaît de vivre chez un monstre ?…

J'étais bouleversé, anéanti.

— Geneviève, criai-je. Geneviève, dis-moi la vérité !

Et d'une voix basse, tremblante, les yeux fous :

— Il t'aime ?

Nous étions face à face. Nos passions exacerbées s'affrontaient, prêtes à la lutte… Ce fut Geneviève qui céda. Elle eut un geste dédaigneux. Puis, sans me répondre, elle se laissa tomber négligemment sur les coussins. Son regard eut alors une expression tellement étrange que je reculai épouvanté. A ce moment, la porte s'ouvrit.

…Et c'était LUI !

Il avançait à pas lents, ne comprenant pas cette scène muette.

Geneviève avait pris une attitude froide et distante. Je crus qu'elle allait m'ordonner de sortir. A ma grande surprise, ce fut au Centaure qu'elle parla :

— Ibrida, dit-elle, cet homme est mon fiancé.

Le Centaure eut vers moi un regard désespéré. Il avait compris, le malheureux. Il tremblait sur ses quatre pieds. Une révolte levait en lui. Geneviève ne le quittait pas des yeux. Le Centaure essaya de fuir ce regard. Mais il dut céder bientôt à l'attraction inéluctable. Son attitude se fit humble, soumise.

— Le veux-tu avec toi ? demanda-t-il.

Il était asservi déjà, asservi jusqu'à la mort, jusqu'aux plus dégradantes bassesses !

Geneviève réfléchit un instant. Entre le Centaure et moi, elle hésitait. Puis je compris que, dans son esprit, une solution se dessinait, s'imposait même, avec cet attrait irrésistible du Nouveau, de l'Inconnu, de l'Aventure. Et cette solution… oui, je n'avais aucun doute… Un seul adorateur ne lui suffisait plus ! C'était notre rivalité qui l'intéressait maintenant ! Elle pourrait jouer avec notre jalousie. Elle pourrait… Ou peut-être simplement, dans une inconscience formidable, trouvait-elle que ce double amour lui était dû, et que, dans ce pays inconnu, la lutte entre deux êtres si différents était un hommage normal à sa beauté aventureuse.

Ibrida attendait, anxieux.

Geneviève était redevenue très calme.

— Il faudrait prévenir Khan-Aren-Khan, dit-elle.

Prévenir le Mammouth Bleu ! C'était cela, seulement cela qui empêchait encore… Ibrida plia sur les genoux. Des gouttes de sueur perlaient sur son poitrail. Pour moi, je sentais quelque chose m'étrangler, me déchirer… Partager !... Disputer ma fiancée à ce monstre !…

Geneviève se tourna vers moi :

— Rentre avec Eloh chez Ayné-Khan, me dit-elle. Le Mammouth Bleu veut te voir. C'est le souverain ici, le tout-puissant. Ayné-Khan te conduira à Yalna… Après, fit-elle doucement… après… tu reviendras !

Ibrida écoutait, frémissant.

Geneviève frappa sur le gong. Oucha se présenta.

— Accompagne mon fiancé à Eloh, fit-elle.

*
* *

Notre retour chez Ayné-Khan devait me ménager un spectacle qui me devint familier par la suite, mais qui, ce jour-là, malgré le désarroi de mes pensées, ne manqua pas de me frapper d'un étonnement profond.

Assise sur son arrière-train, devant une sorte de gigantesque chevalet, Mme Ayné-Khan tenait dans sa trompe un objet semblable à un long fuseau, garni de fibres laineuses de couleur rougeâtre.

A terre, tout à côté de la mammouthe, une dizaine d'autres fuseaux se trouvaient rassemblés. Ils portaient des fibres de couleurs différentes. La mammouthe les saisissait tour à tour, et, avec une agilité de trompe extraordinaire, elle imbriquait chaque fois des parcelles de fibre dans la trame tendue sur le chevalet.

Je m'expliquai ainsi la présence chez les mammouths de ces tapis épais qui recouvraient le sol à l'intérieur de leur demeure.

A notre arrivée, Mme Ayné-Khan, abandonnant ses fuseaux, s'enquit de notre promenade. Quand elle apprit qu'Eloh m'avait conduit à Pokmé, elle parut mécontente.

— Je vous aurais déconseillé cette sortie, me dit-elle. Votre première visite aurait dû être pour le Roi du Monde.

Certes, j'avais le plus grand désir de connaître au plus tôt l'énigmatique Mammouth Bleu. Mais mon amour pour Geneviève occupait dans mes soucis la première place. C'est ce que je crus devoir expliquer à Mme Ayné-Khan.

Je lui dis comment j'avais retrouvé Geneviève dans le palais d'Ibrida. La mammouthe connaissait certainement le mode d'existence choisi par ma fiancée. Alors, par elle, j'essayai de savoir. Qu'étaient au juste ces centaures ? Quel rôle jouaient-ils dans la vie des mammouths ?

Mme Ayné-Khan me raconta que les centaures étaient les anciens maîtres de l'empire souterrain habité maintenant par les mammouths. Khan-Aren-Khan aurait pu exterminer ces êtres dégénérés. Mais il avait préféré laisser vivre les centaures, les laisser mourir plutôt, car cette race était à peu près éteinte.

— Ibrida est un des derniers survivants, me dit la mammouthe, un roi sans royaume, et sans autre sujet que le vieil Oucha.

Elle avait repris ses fuseaux, et s'appliquait à l'exécution d'un point difficile.

Ayné-Khan arriva sur ces entrefaites. Je lui racontai ma visite à Pokmé.

— Eloh a commis une espièglerie ridicule, me dit le mammouth. J'espère que vous n'avez éprouvé aucun intérêt à visiter cette cité déchue.

— Ce n'est pas la ville qui m'intéresse, mais les centaures.

— Les centaures sont des fous, des artistes, m'expliqua Ayné-Khan. Ils ont refusé de se plier à la loi de l'Ohim et cette obstination a causé leur perte.

La "loi de l'Ohim" ! Je demandai aussitôt des explications sur cette inquiétante loi.

Ayné-Khan m'apprit que l'Ohim était un sérum complexe découvert par les "savants de Yalna". Ce sérum avait ceci de très particulier qu'il protégeait non seulement des maladies, de toutes les maladies, mais encore des passions. Il était inoculé sans distinction à tous les mammouths. Telle était la "loi de l'Ohim", qui formait la base administrative et morale de la Grande Euscarie. Grâce à ce sérum, les sujets du Mammouth Bleu étaient devenus presque immortels. Ayné-Khan avait quinze siècles d'existence, et Mme Ayné-Khan était à peine plus jeune de trois siècles.

— Cette question ne serait rien, continua Ayné-Khan. Le gros mérite de l'Ohim est de nous mettre à l'abri de ces passions redoutables qui désorganisent vos pauvres existences d'hommes, et qui ont fini par ruiner la race des centaures. Grâce à l'Ohim, les mammouths mènent en Euscarie des existences raisonnables, doucement et éternellement raisonnables.

— Et les centaures ? demandai-je.

— Les centaures ne connaissent pas l'Ohim, du moins ils n'ont pas voulu le connaître. Aussi, de leur civilisation, il ne restera bientôt que des ruines. A vrai dire, je ne comprends pas qu'Angela ait préféré se retirer à Pokmé, plutôt que de mener parmi nous une existence heureuse et tranquille. Je ne pense pas que vous-même...

Je rassurai le mammouth en lui déclarant que le palais de Pokmé ne présentait pour moi aucun attrait. Je ne crus pas devoir lui cacher que mon plus cher désir était de soustraire Geneviève à l'emprise d'Ibrida. Geneviève était ma fiancée. Cela ne suffisait-il pas... ?

Sur ce point, Ayné-Khan se montra réservé.

— Les fiançailles, me dit-il, font partie de nos traditions. C'est une vieille coutume mammouthe que les hommes ont sans doute voulu imiter. Mais, en Euscarie, cette cérémonie purement officielle ne saurait en aucune façon excuser une conduite déraisonnable. Jamais, d'ailleurs, un mammouth n'aurait l'idée...

— Eh bien ! les hommes n'ont pas les mêmes idées que les mammouths, l'interrompis-je, un peu irrité. Les fiançailles donnent chez nous un droit bien établi.

— Vous êtes sans doute, me dit Ayné-Khan, sous l'empire de ces passions étranges dont la loi de l'Ohim nous a depuis longtemps délivrés. Le Mammouth Bleu vous expliquera quels avantages vous auriez à supprimer ces foyers de trouble et de désordre. D'ailleurs, vous pourrez profiter de cette entrevue pour lui soumettre vos projets.

— J'y songeais déjà, répondis-je. Puisque le Mammouth Bleu est le Roi du Monde, je lui demanderai de me rendre ma fiancée.

Ayné-Khan eut un grognement désapprobateur.

— Je ne crois pas, me répondit-il, que le Mammouth Bleu consente à s'occuper de cette question. Il a toujours mis un point d'honneur à ne pas intervenir dans la vie privée des centaures. Il espérait que ces malheureux, las de leur existence agitée, de leurs guerres et de leurs querelles incessantes, finiraient par lui demander de les admettre dans la grande loi de l'Ohim. Mais les centaures ont résisté. Malgré cette inconcevable aberration, l'autorité du Mammouth Bleu s'est toujours montrée tolérante. Khan-Aren-Khan respectera le palais des rois de Pokmé, à moins que votre fiancée ne demande elle-même à être séparée du centaure.

Je n'osais donner à Ayné-Khan l'assurance que Geneviève manifesterait un tel désir.

Dès lors, le mammouth préféra ne pas poursuivre une conversation qu'il jugeait totalement déraisonnable. Le moment du repas approchait. Le petit Eloh se baignait sur les bords du lac et n'était pas rentré. Ayné-Khan parut s'inquiéter de ce retard, et sortit pour aller à la recherche de sa progéniture. Je sentais qu'il n'y avait là qu'un prétexte poli, pour éviter toute discussion sur les théories inadmissibles que je venais d'émettre.

Dès que le mammouth fut parti, Mme Ayné-Khan laissa tomber ces fuseaux, et son regard curieux se posa sur moi.

— Je ne comprends pas, me dit-elle, que vous vous obstiniez ainsi à réclamer votre fiancée.

— Ma fiancée ! répliquai-je, mais c'est tout simplement que je l'aime !

La mammouthe battit l'air de ses larges oreilles.

— L'amour ! répondit-elle d'un air dédaigneux. Oui, autrefois aussi chez nous… Il paraît que ce fut un délire assez ridicule. A Yalna, les savants ont fait là-dessus de nombreux travaux rétrospectifs.

— Mais vous-même, Mme Ayné-Khan, n'avez-vous jamais aimé ?

— Jamais ! Dès mon enfance, alors que commençait pour moi "l'âge de folie", j'ai été soumise à la loi de l'Ohim…

— L'Ohim ! m'écriai-je, c'est cela ! Je comprends maintenant ! Vous avez supprimé les passions, et, par certains côtés, vous avez réalisé ainsi une œuvre admirable ; mais avec cet Ohim vous avez aussi supprimé l'amour !

— Peut-être, me répondit la mammouthe. A vrai dire, il me serait difficile de vous répondre. Les mammouths mènent en Euscarie une existence tellement raisonnable ! Rien ne vient troubler la paix de nos foyers.

— Et aucune tentation, aucune faiblesse n'effleure parfois votre esprit ?

De l'extrémité de sa trompe, la mammouthe dispersa négligemment ses fuseaux.

— Aucune, me dit-elle… A vrai dire, lorsqu'Angela est venue hier, votre bonheur et votre exaltation soudaine ont fait naître en moi comme un vague désir. Mais je vous vois si triste, si désemparé aujourd'hui, que vous me paraissez payer bien cher quelques minutes de ce bizarre enchantement.

— L'amour est une passion tragique et redoutable, m'écriai-je. Pour aimer, il faut avant tout savoir souffrir… J'ai souffert, ajoutai-je tristement… Et malgré cela… oui, malgré cela, je ne regrette rien.

Je racontai à la mammouthe mon amour pour Geneviève, comment elle m'avait trahi avec Darley et comment je ne l'avais retrouvée dans le monde souterrain que pour me la voir disputer par cet étrange roi de Pokmé, le centaure Ibrida !

Mme Ayné-Khan m'écoutait avec une attention déférente et un peu inquiète. Elle avait abandonné son tapis, s'intéressant davantage à mon aberration mentale, et aux conséquences qu'elle essayait d'en déduire. Mon récit dut lui paraître une sorte de conte de fées, une de ces histoires fantasmagoriques qui se passent dans des pays mystérieux.

— La sagesse du Mammouth Bleu est infinie, me dit-elle enfin. Ayné-Khan vous conduira près de lui. Le Roi du Monde trouvera pour vous le vrai remède.

— Il n'y a pas de remède possible. Il faut me rendre Geneviève.

— Vous vous laissez entraîner par votre imagination. Un séjour à Yalna vous guérirait. Eloh doit être admis prochainement au Dhôme pour recevoir l'Ohim. Il vous suffirait de rentrer avec lui.

Je protestai aussitôt :

— Et je les laisserais libres, tous deux là-bas, m'écriai-je ! Ah ! que n'avez-vous appliqué aux centaures vos prudentes lois ! Que n'avez-vous éteint chez eux cette ardeur farouche, qui nous dresse face à face, ce monstre et moi, dans une rivalité implacable !

— Les centaures ont refusé de se soumettre, vous le savez. L'amour a toujours joué dans leur vie un rôle inexplicable.

— Vous ne pouvez pas comprendre, madame, mais, croyez-le, les centaures ont eu raison.

— Vous avez cependant vu leur ville !

— Et qu'importe leur ville et ses ruines, m'écriai-je ! Qu'importe les lois ! Qu'importe les destinées d'un peuple ! Pour l'amour de Geneviève, je brûlerais le monde, et je donnerais toute votre sagesse, votre science, et votre tranquille bonheur !

La mammouthe recula, effrayée.

— Si je ne puis décider Geneviève, continuai-je, je veux revenir à Pokmé. Je veux vivre avec elle, n'importe comment, n'importe où, pourvu que je puisse lui parler, la voir, la suivre, l'aimer enfin, l'aimer !…

Ayné-Khan rentrait avec le jeune Eloh. Leur crinière laineuse était encore mouillée de l'eau du lac. Tous deux dégageaient un tel bonheur de vivre, que je me demandai un moment si nos existences terrestres n'étaient pas entachées d'une tare irrémédiable.

Mais il n'était plus l'heure de philosopher. Mme Ayné-Khan déposa ses fuseaux et je fus convié au repas familial.

Dans la grande vasque que j'avais remarquée au milieu de la pièce, Ayné-Khan versa un liquide blanc laiteux. Eloh plongea l'extrémité de sa trompe dans ce breuvage qu'il paraissait absorber avec une visible satisfaction. La mammouthe avait pris la coupe de métal qui m'avait déjà servi la veille. Elle la remplit de liquide et me la tendit.

— Le lait d'arahé, m'expliqua Ayné-Khan, constitue la base de notre alimentation.

Je goûtai le breuvage. Il avait une saveur agréable.

— L'arahé est pour nous une plante précieuse, continua le mammouth. Sa culture ne demande aucun travail. L'argain qui éclaire nos états est pour la végétation un stimulant si actif, que l'arahé pousse spontanément avec une vigueur inouïe. Ici nous cherchons à développer les bulbes de la plante, dont nous extrayons le lait. Mais, dans d'autres régions de l'Euscarie, nous laissons monter librement les tiges. Elles prennent vite d'énormes proportions. Il se constitue ainsi de véritables forêts qui nous fournissent les bois et les fibres nécessaires à nos industries.

Je regardais les meubles gigantesques, les tapis, les tentures.

— Tout cela, m'expliqua Ayné-Khan, est de l'arahé plus ou moins transformé. Yalna est une ville de savants, mais, dans les cités voisines, certains groupements de mammouths s'occupent de notre ravitaillement industriel. Tout a été réglé par les soins du Roi du Monde. C'est à lui que nous devons ces facilités d'existence. Sous son impulsion, le Dhôme de Yalna est devenu le plus grand centre d'études et de recherches que les mammouths aient jamais connu. J'ai moi-même l'honneur, depuis quatre siècles, d'être attaché à cette savante institution.

— Depuis quatre siècles ! Mais vos connaissances doivent être infiniment étendues !

— Je possède sur quelques sujets des notions assez complètes, fit modestement le mammouth. Au Dhôme, on veut bien utiliser mes services dans les questions d'Économie politique. Cependant vous surestimez sans doute mon savoir. Je n'ignore pas que, dans vos courtes existences d'hommes, l'acquisition de la science est devenue une sorte de maladie fébrile qui prend le meilleur temps de votre jeunesse, et même parfois de votre âge mûr. Pour nous, au contraire, la science est une distraction, un simple délassement, tout comme le travail matériel d'ailleurs, pour ceux qui sont spécialisés dans cet ordre d'activité. Aussi mettons-nous un temps très long à nous instruire. Le terme "études", que vous employez je crois, n'aurait ici aucun sens.

— Mais à quoi occupez-vous vos interminables existences ? Quel but cherchez-vous ?

— Nous ne cherchons aucun but. Nous nous laissons aller à goûter paisiblement le délicieux plaisir de vivre.

— Le plaisir de vivre n'est fait que des petits plaisirs qui font aimer la vie.

— Erreur ! erreur profonde ! Le vrai plaisir de vivre est indépendant de toute impression extérieure. C'est un plaisir en soi, une sensation très spéciale, que vous méconnaissez parce que vous n'avez jamais eu le loisir de la connaître. Pour apprécier le plaisir de vivre, il faut, en effet, s'affranchir du Temps.

— Le Temps n'existe donc plus pour vous ?

— Presque plus. Nous avons gardé quelques divisions conventionnelles. Mais les années, les mois, les jours, les heures sont devenus en Euscarie de simples repères qui ne répondent à aucune exigence précise. Nous ne consacrons plus un temps spécial au sommeil ou au repos. Notre vie est tellement facile, qu'aucune pause n'est nécessaire à nos intelligences. Dans quelques siècles, les séparations fictives que nous avons conservées pour diviser le Temps n'existeront même plus.

Ayné-Khan aurait parlé longtemps encore, mais je n'écoutais pas. Ma pensée s'était reportée vers Geneviève qui était seule là-bas, à Pokmé, seule avec le Centaure !

Avec le Centaure !... Par quelle aberration Geneviève s'était-elle ainsi apitoyée !... Le malheureux l'aimait, c'était certain... Alors... dans ce palais ruiné...

Il fallait voir le Mammouth Bleu, il fallait le voir au plus tôt, résoudre d'une façon ou d'une autre cette situation impossible.

Aussi, comme le repas se terminait :

— Je suis prêt à vous suivre à Yalna, dis-je à Ayné-Khan.

— J'allais vous proposer de partir. Khan-Aren-Khan attend notre visite. Cette entrevue avec le Roi du Monde ne pourra vous apporter que du bonheur. A Yalna, je vous présenterai aux savants du Dhôme.

Il me tendit sa trompe, et je fus aussitôt solidement implanté sur sa crinière.

*
* *

Ayné-Khan s'engagea sur une large piste qui traversait d'immenses prairies. Nous longeâmes ensuite des coteaux plantés d'arahé.

Nous fîmes la rencontre de plusieurs mammouths qui tiraient une sorte de traîneau dans lequel étaient chargés des troncs d'arbres et des bois ouvrés. Ils s'arrêtèrent à notre vue et vinrent causer avec Ayné-Khan.

Ils étaient partis depuis "longtemps" d'une ville voisine. Ils n'envisageaient même pas l'époque à laquelle ils arriveraient à Yalna, qui n'était pourtant éloigné que de quelques kilomètres. Pour eux, le mot "temps" n'avait aucune signification, pas plus sans doute que pour celui qui attendait le traîneau.

Je m'étonnai que des industries pussent vivre avec de telles coutumes. Ayné-Khan m'assura que tout était prévu en Euscarie pour s'adapter à ce rythme ralenti. Par cette organisation, le travail devenait un plaisir, un simple exercice de "culture physique" comme on aurait dit chez nous.

Le principe de la méthode paraissait séduisant.

— Mais les résultats ? demandai-je à Ayné-Khan. Vous devez vous contenter de résultats médiocres. Jamais dans notre monde...

Ayné-Khan ne me laissa pas achever. Son énorme lèvre retomba avec dédain.

— Votre monde est inexistant ! me déclara-t-il.

— Inexistant ! Vous le jugez ainsi parce que vous ignorez notre vie ingénieuse et confortable.

— Nous avons assez longtemps habité les Pays-d'en-Haut, répliqua le mammouth, pour en connaître les tares innombrables. Bien avant l'arrivée de l'homme, les mammouths jouissaient, à la surface du globe, d'une civilisation très avancée. Nous avons suivi les débuts de votre race à une époque où les hommes étaient de faibles et pitoyables créatures. Si nous étions demeurés dans votre sphère, vous seriez devenus nos esclaves.

— Ceci reste une hypothèse, protestai-je. Si, d'ailleurs, le succès s'annonçait aussi certain, pourquoi votre race a-t-elle abandonné ce que vous appelez les Pays-d'en-Haut ?

— Nous y étions les jouets de cataclysmes par trop fréquents. Déjà, lors du Grand Déluge, les mammouths avaient failli périr en masse. Khan-Aren-Khan se sauva à grand'peine de l'immense marée débordante.

— Le Mammouth Bleu aurait connu ces anciens âges ?

— Le Mammouth Bleu a plusieurs milliers de siècles d'existence. Il avait déjà vécu longtemps sur l'écorce terrestre lorsqu'il décida les mammouths à venir chercher dans le Monde Souterrain le calme et la sécurité dont nous jouissons aujourd'hui. Les centaures étaient alors les maîtres de cet empire. Khan-Aren-Khan leur imposa notre tutelle et notre langue. Il prit ensuite le titre de Roi du Monde et fonda la ville de Yalna, que vous avez maintenant devant vous.

A peu de distance, une immense agglomération de cubes brillants s'étageait sur la pente d'une colline. Telle était Yalna, capitale de la Grande Euscarie, ville souveraine, et séjour préféré du Mammouth Bleu.

Un groupe de constructions colossales dominait la cité.

— Le Dhôme ! me dit Ayné-Khan.

Des deux côtés de la route se multipliaient maintenant des cubes isolés qui semblaient la réplique de la maison d'Ayné-Khan. Nous pénétrâmes dans un interminable faubourg. Dans les rues, des mammouths circulaient, paisibles. Certains s'arrêtaient, caressaient respectueusement la trompe d'Ayné-Khan, puis me regardaient, étonnés.

Bientôt, les rues devinrent plus fréquentées. Cramponné à la crinière d'Ayné-Khan, je sentais de plus en plus l'étrangeté de ma situation. Autour de moi, les dos laineux des mammouths ondulaient comme des vagues.

Sur une grande place, l'affluence était telle qu'Ayné-Khan dut ralentir son allure. Des cubes monumentaux bordaient l'horizon de tous côtés. Au centre, un immense cube de pierre polie, haut d'une cinquantaine de mètres, reflétait la lumière bleuâtre qui descendait des nues.

Un portique de métal donnait accès à l'édifice. Le tout ressemblait à une formidable casemate cuirassée, mais le seul gardien de cette forteresse paraissait être un vieux mammouth gris, qui se tenait immobile devant la porte.

— Voici la demeure du Roi du Monde, me dit Ayné-Khan.

Aucun service d'ordre n'était apparent. Rien n'illustrait mieux les bienfaits de l'Ohim que le calme et la sérénité qui régnaient autour de cette demeure. Les sujets de Khan-Aren-Khan avaient sans doute perdu, depuis longtemps, même la simple idée d'une révolte ou d'une désobéissance. Le stupide bonheur de cette race asservie me semblait presque monstrueux.

Ayné-Khan s'approcha du vieux mammouth.

— Le maître est averti, lui dit-il. Il nous attend.

— Et ce monstre ? interrogea le gardien.

Le "monstre", c'était moi. Je me serrai dans la crinière touffue.

— Le Mammouth Bleu daigne aussi le recevoir, dit encore Ayné-Khan.

Le vieux mammouth accepta cette affirmation sans même s'arrêter à l'idée de la discuter.

— Entrez ! fit-il.

Ayné-Khan s'engagea sous le portique de métal.

Toute décoration semblait bannie de la demeure royale. Les murs étaient faits de gros blocs régulièrement polis. Ces immenses surfaces miroitantes n'étaient coupées d'aucun ornement, d'aucune ligne où le regard pût s'arrêter. Le sol était recouvert de tapis épais dont aucun dessin ne venait varier l'uniforme splendeur.

Une cour intérieure occupait le centre de l'édifice. Au fond de cette cour s'ouvrait une pièce brillamment illuminée, et dans laquelle une assemblée de mammouths était réunie.

A la vue d'Ayné-Khan, plusieurs d'entre eux vinrent à notre rencontre. Il y eut des salutations interminables, des serrements de trompe cordiaux.

Ayné-Khan entra enfin dans la salle. Le cercle des mammouths s'ouvrit et je vis devant moi, allongé sur un tapis pourpre, un mammouth énorme et vénérable qui semblait plongé dans une méditation profonde.

Les longs poils laineux qui couvraient son corps étaient d'une teinte bleuâtre et traînaient jusqu'à terre. J'appris plus tard que cette fourrure bleue était la marque de la race royale. Khan-Aren-Khan appartenait à la dynastie, des Aren-Aren, dont les origines se perdaient dans la nuit des temps.

Ayné-Khan me prit dans sa trompe et me déposa devant le Roi du Monde. Puis il s'agenouilla respectueusement.

Le regard de Khan-Aren-Khan se posa sur moi :

— Sois le bienvenu, me dit-il, dans la demeure du Roi du Monde. J'ai connu autrefois, il y a des siècles, des êtres de ta race. Ils semblaient bien faibles, bien chétifs, pour résister à la dure vie du Monde Extérieur. Je sais cependant que les Hommes sont devenus les maîtres des Pays-d'en-Haut. Je suis heureux que le hasard t'ait mené parmi nous. Les savants de Yalna seront intéressés par ce que tu pourras leur dire, et je ne doute pas que tu ne trouves toi-même à t'émerveiller de la sage organisation qui règne dans nos états.

Je répondis au Mammouth Bleu que bien des choses m'avaient étonné déjà dans ce que j'avais vu, et que, parmi les hommes, nombreux seraient les esprits que de pareilles réalisations intéresseraient.

— Il est peu probable, me répondit le Mammouth Bleu, que des étrangers soient jamais admis à contempler notre monde souterrain. Nous n'avons plus de relations avec les Pays-d'en-Haut. J'ai cru sage de faire détruire les voies d'accès qui pouvaient conduire dans nos états. Seules des circonstances exceptionnelles t'ont permis de pénétrer en Euscarie. Avant toi d'ailleurs, et tout récemment, une femme était arrivée jusqu'à nous.

Je déclarai au Mammouth Bleu que je connaissais Geneviève, et je lui dis les liens qui nous unissaient.

— Rien ne vous empêche de vivre ensemble, me répondit-il. L'existence vous sera d'autant plus facile que vous parlez tous deux notre langue.

J'expliquai que j'étais né, comme Geneviève, en pays basque, et que, depuis un temps immémorial, les Basques parlent l'escuara.

— Les Basques, répondit Khan-Aren-Khan, doivent descendre de ces hommes que nous avons connus vivant à nos côtés, sur l'écorce terrestre. Nous leur avions appris notre langue. Ils avaient adopté nos usages et s'essayaient à imiter certaines de nos industries. Lors de l'effondrement de la Vieille Euscarie, la plupart d'entre eux périrent, et je ne pensais pas que les survivants pourraient se perpétuer jusqu'à notre époque.

— Les Basques sont la plus vieille race de la Terre, déclarai-je.

— …après les Mammouths, rectifia doucement le Roi du Monde. Les Mammouths ont existé de tout temps, de toute éternité. Seulement, ils ont depuis de longs siècles abandonné les Pays-d'en-Haut.

"Quoi qu'il en soit, continua-t-il, vous trouverez ici, cette femme et toi, l'hospitalité la plus large, et tu seras pour elle un compagnon précieux."

A ce moment, Ayné-Khan crut devoir intervenir. Il parla du désir que j'avais manifesté de soustraire Geneviève à la dangereuse emprise d'Ibrida.

Khan-Aren-Khan devint soucieux.

— Les centaures, déclara-t-il, sont des esprits chimériques. Ils ont préféré mourir de leur chimère que la sacrifier à des buts raisonnables. Je n'ai jamais voulu les contraindre, et ne puis changer d'attitude devant les derniers représentants de cette malheureuse race.

"Certainement Ibrida a fait agir son inexplicable talent de séduction sur ta fiancée, mais ce sont là des faits sans importance réelle. Plutôt que de nous attarder à ces vétilles, je vais te faire une proposition qui, sans léser aucun droit, devrait te libérer de toute inquiétude. Ayné-Khan doit t'avoir parlé de l'Ohim. Je puis donner des ordres pour qu'au Dhôme de Yalna nos savants se préparent à te recevoir. En quelques jours tu arriverais à l'indifférence complète envers ces misères qui te semblent si terribles. L'Ohim te donnerait l'oubli, l'oubli complet de ton passé, si trouble, si douloureux qu'il soit, et la question d'Ibrida ne se poserait plus.

— L'oubli serait peut-être la solution, répondis-je en hésitant. Mais Geneviève acceptera-t-elle ?

— Pourquoi lier ton sort à celui de cette femme ? Tu peux venir seul au Dhôme. Dès que tu auras reçu l'Ohim, tu ne comprendras plus ta perplexité actuelle. L'Ohim te mettra définitivement à l'abri des maladies et des passions.

— Je sais. Ayné-Khan m'a tout expliqué. Mais il est certaines de ces passions que je ne puis me résigner à oublier. Grâce à l'Ohim, l'amour ne représente plus pour vous qu'une sorte d'antique et ridicule hérésie, et je n'ose me décider à perdre ainsi…

— L'amour ! Toujours la grande objection ! interrompit le Mammouth Bleu. C'est pour ne pas abandonner l'amour que les centaures ont dédaigné l'Ohim. Même chez ceux de ma race, j'ai dû réprimer autrefois, et pour ce triste prétexte, une grave révolte. Qu'est-ce donc qui te lie à un sentiment aussi suranné ? Vois notre calme ici, notre force sûre et tranquille. Certainement, et je m'en fais gloire, nous avons supprimé l'envie, le désir, la peur, tout ce qui fait l'amour en somme. Nous sommes éternellement sages, éternellement heureux, et aussi, j'ose le dire, presque éternellement vivants. Depuis l'institution obligatoire de l'Ohim, on ne meurt pas en Euscarie, ou si peu ! Quelques accidents inévitables ! Mais plus de maladies, plus de crimes, plus de guerres. Nous sommes libérés de ces calamités qui ont assombri l'existence de nos ancêtres. Nous avons supprimé la jalousie, les rivalités, les luttes intestines.

Je crus à ce moment avoir trouvé le point faible de ce splendide édifice.

— Et l'ennui ? m'écriai-je, avez-vous aussi supprimé l'ennui ?

— Nous avons supprimé l'ennui, me répondit paisiblement Khan-Aren-Khan… Ce fut le plus beau succès des savants de Yalna. Nous avions vu le danger. Nos existences éternellement tranquilles risquaient de devenir, par leur monotonie, éternellement fastidieuses. Les savants de Yalna perfectionnèrent alors l'Ohim, et maintenant les mammouths sont vaccinés contre l'ennui. Aussi vivent-ils heureux, éternellement heureux, et sans aucune nuance de lassitude dans ce bonheur uniforme. Ils aiment la vie pour la vie, et non pour les trop courts et trop chers plaisirs que nous pourrions être tentés d'y prendre. Les mammouths sont sages, très sages… Tu pourrais l'être aussi !…

— J'essayerai… peut-être… plus tard…

— Qu'est-ce donc qui te retient ?

— Mais Elle ! m'écriai-je. Elle ! ne comprenez-vous pas ?

Khan-Aren-Khan resta silencieux. Il semblait réfléchir.

— Tu es libre, dit-il enfin. Cependant, si quelque jour tu désires t'affranchir de tes passions néfastes, souviens-toi que le Dhôme de Yalna te reste ouvert. En quelques heures, l'oubli noiera tes souvenirs, supprimera ton passé. Grâce à l'Ohim, tu pourras recommencer une vie nouvelle, exempte de toute inquiétude.

L'audience était terminée.

Je pris congé du Roi du Monde. Ayné-Khan me ramena hors du cercle des mammouths.

— Je ne doute pas que le Mammouth Bleu ne vous ait convaincu, me dit-il. Très certainement, vous entrerez bientôt au Dhôme. Mme Ayné-Khan me semble déjà s'être attachée à vous. Elle sera heureuse de vous voir prendre une décision aussi raisonnable.

Je restai immobile, sans répondre.

Ayné-Khan me regardait, inquiet.

— Il faut me ramener à Pokmé, Ayné-Khan, dis-je d'une voix lasse. Tout de suite, comprenez-vous… Il le faut !

*
* *

A Pokmé, Oucha m'accueillit avec une réserve hostile. Il me conduisit cependant auprès de Geneviève.

Je la trouvai dans la pièce où je l'avais laissée le matin.

— As-tu vu le Mammouth Bleu ? demanda-t-elle.

— Oui, et sais-tu ce qu'il me propose ?

La physionomie de Geneviève se fit dédaigneuse.

— Je devine, me dit-elle : l'Ohim ! le fameux Ohim ! l'oubli, la sagesse éternelle !

Je sentais dans sa voix une haine profonde contre cet Ohim mystérieux qui menaçait de ruiner les éléments les plus troubles sur lesquels s'appuie le pouvoir caché et dominateur de la femme.

— Les centaures n'ont jamais accepté, me dit-elle.

Je ne comprenais que trop combien cette simple phrase liait ma destinée.

— Les centaures se sont obstinés, répondis-je, mais cette obstination a causé leur perte.

— Eh ! qu'importe ! fit Geneviève. Ces mammouths me répugnent, ajouta-t-elle sur le ton du plus profond mépris.

— Il me semblait qu'Eloh trouvait grâce devant toi.

— Oui, celui-là est jeune encore. Il vit. Il se passionne. Il s'anime. Mais on le fera entrer au Dhôme bientôt, et il sera méconnaissable quand il en sortira. Un esclave de plus pour le Mammouth Bleu ! Un cerveau qui n'osera plus penser en dehors de la pensée de Yalna ! Le Roi du Monde a trouvé dans l'Ohim un moyen d'asservissement formidable. Ibrida a préféré rester libre, dût-il mourir de cette liberté.

De la main, elle sembla chasser une vision pénible.

— Ne me force jamais à rougir de toi, André, reprit-elle. Éloigne cette tentation. Je te mépriserais trop.

Ah ! certainement je n'encourrais pas ce mépris, j'aurais au moins autant de fierté que le Centaure. Je ne me laisserais pas tenter… Mais je sentais aussi combien j'allais souffrir !

Geneviève avait déjà noté ma soumission. Son attitude devint plus amicale :

— Tu sembles compliquer à plaisir, me dit-elle, une situation qui ne présente rien d'exceptionnel. Nous pouvons très bien vivre à Pokmé. Aucune difficulté ne s'élèvera.

Et comme je cherchais à saisir sa pensée :

— Je t'ai fait aménager une chambre, me dit-elle. Veux-tu la voir ?

Cette solution brutale m'étourdit. Ainsi, déjà tout était préparé… Elle savait que j'accepterais, que je m'inclinerais…

Et vraiment je ne voyais pas ce que je pouvais faire d'autre.

Une méfiance instinctive m'empêcha cependant de répondre.

— Et… Lui ? demandai-je enfin.

— Il habite l'autre aile du palais.

Geneviève se rapprocha de moi.

— Qu'est-ce qui te retient encore, me dit-elle, et pourquoi sembles-tu m'en vouloir ? Tu ne peux me rendre responsable d'une situation que je n'ai pas créée. Avant ta venue, comment aurais-je pu me douter ?... Je me croyais si loin, si loin des hommes... J'ai pour Ibrida beaucoup de reconnaissance, beaucoup d'amitié...

— Mais lui ? demandai-je rageusement.

Geneviève s'appliqua à me calmer.

— Tu le juges mal, me dit-elle. Quand tu le connaîtras...

Je fis un geste comme pour repousser d'avance la simple hypothèse de ces relations qu'à aucun prix je ne voulais établir entre le Centaure et moi.

— Lui aussi est très malheureux, ajouta Geneviève.

Et plus doucement, d'une voix presque soumise :

— Viens, me dit-elle.

Nous sortîmes dans le couloir. Nous prîmes le plan incliné qui conduisait au premier étage. Là, Geneviève ouvrit une porte.

— Tu vas t'installer ici, me dit-elle.

C'était une pièce vaste et très ornementée, mais qui tombait en ruines. Des mosaïques délabrées recouvraient les murs. Sur un divan très bas, s'étalait une draperie somptueuse aux dessins pâlis. Deux grandes fenêtres ouvraient sur le parc.

— Il faut te reposer maintenant, reprit Geneviève. Il est tard. Cette éternelle lumière ne doit pas te faire oublier l'heure. Dors. Quand il sera temps, je te ferai réveiller par Oucha.

J'étais las. Je me sentais vaincu. Je n'osais rien objecter, rien répondre, et cependant mon esprit était torturé par le doute. Un fait s'imposait : Geneviève ne voulait pas quitter Pokmé !

— Geneviève, implorai-je, jure-moi...

Ma voix était tellement anxieuse, tellement chavirée, que Geneviève parut enfin s'émouvoir.

— Que vas-tu imaginer, André ? me dit-elle.

— Il t'aime, répondis-je douloureusement. Il t'aime !

Elle haussa les épaules.

— Tu sais bien qu'il ne peut y avoir d'amour entre le roi de Pokmé et moi.

Je ne demandais qu'à croire, hélas ! Je pris la main de ma fiancée et la couvris de baisers.

Geneviève se dégagea.

Et, me voyant plus calme :

— Tu as sur lui tous les avantages, dit-elle encore. Il faudra te montrer généreux.

Je ne savais que penser. M'aimait-elle un peu vraiment ? Ah ! Si j'avais été au moins certain de cela !... Mais alors, pourquoi vouloir conserver l'Autre ?... L'estime, la reconnaissance... cela suffisait-il à expliquer...

La porte venait de se refermer. J'étais seul.

Je songeais que jamais je ne lirais dans l'esprit de Geneviève. Jamais je ne pénétrerais sa pensée mouvante et chimérique.

Comme une masse, je tombai sur le divan, accablé, anéanti !

*
* *

Mon sommeil fut troublé de visions fantastiques. J'engageais d'interminables luttes contre des corps monstrueux, qui n'avaient ni consistance, ni forme, et qui roulaient autour de mon corps leurs masses visqueuses. Et comme je cherchais à me dégager de ces frôlements abjects, la terre s'entr'ouvrit... Et c'était la terre elle-même qui était devenue un monstre énorme, et m'engloutissait lentement... J'essayai de lutter, de me raccrocher aux lèvres mouvantes de l'abîme. Soudain, je vis se balancer au-dessus de moi la trompe d'un mammouth formidable. Je fis un brusque écart pour fuir... et, dans cet effort, je tombai du divan et je m'éveillai.

J'eus quelque peine à reporter ma pensée dans l'axe des réalités. Il faisait grand jour... Cette lumière... Oui, les mammouths... Pokmé... le palais en ruines... et Geneviève enfin... Geneviève !...

Aussitôt une crise de jalousie me dressa, inquiet.

D'impossibles visions passaient devant mes yeux. On avait endormi ma méfiance ! Pourquoi me trouvais-je isolé ainsi, loin de Geneviève ?

J'étais déjà à la porte. J'ouvris. Je passai dans le couloir. Le palais était silencieux comme une maison morte. Je descendis par le plan incliné, et je fus bientôt devant la chambre de ma fiancée. J'appliquai mon oreille contre le panneau. On n'entendait aucun bruit. J'essayai de pousser la porte. Elle résista.

Ne sachant à quel parti me décider, je m'aventurai dans le jardin et je cherchai à retrouver, du dehors, l'aile du palais habitée par Geneviève. Je contournai ainsi une partie de l'édifice. Je fus bientôt attiré par deux fenêtres derrière lesquelles retombaient d'épais rideaux. La chambre... sans doute...

Sa chambre !... Je restai là, cherchant à regrouper mes folles pensées. Geneviève dormait-elle derrière ces rideaux soigneusement tirés ? Dormait-elle seulement... ou bien...

De troublants soupçons vinrent à nouveau tourmenter mon esprit.

A ce moment, j'entendis, sur le sable du jardin, le bruit d'un pas qui approchait. Un pas ?... Un double pas plutôt !...

Je me dissimulai dans un massif planté en face des fenêtres.

Alors je vis dans l'allée... c'était Lui ! Ibrida ! Le Monstre !

Il ignorait ma présence. Les bras ballants de chaque côté de son poitrail, il passa devant moi, lamentable, désespéré.

Je ne pouvais m'empêcher d'admirer ce corps à la fois splendide et monstrueux.

Son attitude ne décelait aucune nuance de colère ou de révolte, mais seulement une tristesse, un découragement profond.

Le Centaure s'arrêta devant les rideaux mystérieux. Il s'approcha, écouta un moment. Et je sentais en lui ce même doute, cette même pensée qui m'avait effleurée tout à l'heure. Seulement, cette fois, c'était ma présence dans le palais qui constituait l'élément redoutable ! Mon arrivée menaçait de détruire le rêve chimérique du dernier roi de Pokmé. Le malheureux ne pouvait détacher ses yeux des rideaux qui dissimulaient peut-être la ruine de ses espoirs.

Hélas ! nous étions, lui et moi, deux pauvres hères, deux épaves, et, pendant que s'affrontaient nos tristes inquiétudes, Geneviève dormait sans doute, tout simplement, sans se soucier (s'en était-elle jamais souciée d'ailleurs ?) de notre rivalité et de nos douloureuses alarmes !

Ibrida errait devant les fenêtres. A voir l'angoisse de ce malheureux, un singulier mélange de pitié et de haine envahissait mon esprit.

Désemparé, il essaya de repartir, de fuir l'accablant sortilège. Mais il se débattait dans les réseaux d'une trame cruelle…

Et, soudain, j'entendis des sanglots, de lugubres et lamentables sanglots, qui secouaient ce splendide torse d'homme, et se prolongeaient en de longs soubresauts sur sa croupe de cheval !

*
* *

Dures journées de découragement, de luttes, avec parfois de courtes lueurs d'espoir.

Geneviève ne pouvait se détacher du Centaure. J'avais pensé tout d'abord que j'arriverais à lui faire quitter Pokmé, mais, dans cet ordre d'idées, je n'avais enregistré que des échecs. Elle refusait, sans invoquer de raisons précises, comme si elle se laissait guider par un simple caprice. Une obstination aussi tenace devait avoir des raisons profondes. Ces raisons, je ne les trouvais pas, du moins, je ne croyais pas les trouver. Je ne pouvais comprendre le sentiment qui la liait à Ibrida. Il y avait plus que de la reconnaissance, plus que de la crainte… Alors… de l'amour ?… Mais quel amour ?… Cela me semblait impossible.

Du côté d'Ibrida, la question était malheureusement plus claire. Ibrida aimait. Sur ce point, je ne pouvais conserver aucun doute. Si je n'étais pas venu dans le monde souterrain, peut-être Geneviève aurait-elle accepté sans réticences l'hommage de cet impossible amour. Elle s'était habituée à la monstruosité de ce corps étrange. De cela, je ne pouvais pas m'étonner, car, moi-même, si je considérais toujours le Centaure avec la même haine, je n'avais en revanche déjà presque plus de mépris pour lui. Au contraire, je me sentais quelquefois jaloux d'admiration devant cet animal monstrueux, c'est vrai, mais superbe d'agilité et de souplesse.

Il avait le corps recouvert d'un poil très court, très lustré, et d'une teinte gris d'acier. Ce poil venait mourir insensiblement sur son magnifique torse d'homme. Ses membres étaient d'une finesse remarquable, et ses attaches, nettement dégagées, laissaient voir le jeu puissant de ses muscles harmonieux.

Certains jours, je ne pouvais me défendre d'admirer cette bête splendide… Et je sentais que ma fiancée l'admirait aussi ! Cependant il persistait, dans son âme, un instinct plus profond et plus mystérieux que tous ses désirs. Cet instinct se refusait à admettre, se refusait à céder, et considérait le Centaure comme quelque chose d'hostile et d'inconnu. Ma présence était venue stimuler cette révolte secrète, et donner une base vivante à cette répulsion.

Seulement, moi, Geneviève ne m'aimait pas ! Je ne représentais pour elle que le rappel de souvenirs moroses, et la personnification d'exigences auxquelles, je le sentais bien, il ne lui plairait jamais de satisfaire.

Entre le Centaure et moi, aucune relation ne s'était établie. Aussi ne savions-nous rien de précis l'un de l'autre. Nous avions organisé notre existence autour de Geneviève, de façon à ne nous trouver jamais ensemble auprès d'elle. Il s'était établi entre nous des conventions tacites, et nous les respections scrupuleusement.

Geneviève me consacrait ses matinées, ou du moins ce qu'elle appelait ainsi. Elle s'occupait de petits travaux. Elle était obligée de se vêtir elle-même, et n'avait rien perdu de sa coquetterie native. Je m'asseyais à ses pieds sur un coussin, et nous parlions du pays basque, d'Ustaritz.

Un jour que nous évoquions ainsi les heures ensoleillées de notre enfance :

— Te rappelles-tu, lui demandai-je, les belles histoires que nous racontait, là-bas, mon grand-père Irizarte. Tu venais te blottir tout près de moi, et tu écoutais les yeux émerveillés.

— Oui, je me souviens… et puis quand j'étais méchante, on menaçait de faire venir le "mamou".

— Le "mamou", c'est vrai…

Je m'arrêtai, pris par une réflexion subite.

Geneviève, curieuse, m'observait.

— Ah ! toi aussi, me dit-elle...

— Tu avais déjà pensé ?…

— C'est tellement simple ! Ayné-Khan a dû te dire que les mammouths ont vécu autrefois dans notre pays. Alors ce "mamou" de nos légendes…

Mais je ne voulais pas laisser retomber la conversation sur des sujets qui occupaient déjà trop l'esprit de Geneviève. Dans les entretiens que nous avions ensemble, je cherchais, au contraire, à la ramener à moi, à la ressaisir. Que pouvais-je évoquer de mieux, à cet égard, que nos souvenirs de jeunesse ? A cette époque, Geneviève était toute à moi. Du moins, elle n'appartenait à personne d'autre.

Nous parlions de nos promenades au bord de la Nive. Elle m'écoutait, rêveuse, un peu timide presque. Je sentais que, malgré tout, le Centaure n'échappait pas à sa pensée. Ibrida représentait pour elle cet Inconnu si longtemps et si vainement cherché. Ibrida était le prince, le prince de légende qui avait préféré aimer et mourir plutôt que se soumettre.

Et quand, au cours de ces longues matinées, passées à côté de Geneviève, il me semblait avoir reconquis l'âme de ma fiancée, l'avoir tirée de mon côté de sphère, j'avais parfois la douloureuse surprise de voir ses yeux splendides s'égarer loin de moi, vers de mystérieux mirages.

Au milieu de la journée, dans cette division artificielle du temps, que Geneviève avait conservée, Oucha nous apportait notre repas. Le lait d'arahé et quelques légumes représentaient notre menu habituel. Je déjeunais en tête à tête avec ma fiancée.

Puis venait l'heure terrible ! Geneviève me consacrait ses matinées, et, de toutes ces matinées, je ne voyais jamais paraître le Centaure. Mais, le soir, je devais me résigner à mon destin. Ibrida était alors le maître. Il arrivait fier et dédaigneux, affectant d'ignorer ma présence. Il entrait dans la chambre de Geneviève et emmenait aussitôt ma fiancée vers les jardins.

Là se déroulait chaque jour une scène dont le spectacle me laissait brisé. Ibrida ne se contentait pas, en effet, de sortir avec Geneviève. Pour l'arracher plus sûrement à mes regards, il l'entraînait dans des courses lointaines. Et, pour cela, le moyen était si naturel, si simple… mais pour moi si impitoyablement cruel. A l'extrémité du parc, Ibrida s'agenouillait devant Geneviève et la prenait en croupe. Alors, dressant son torse et piaffant des quatre pieds, le "monstre" partait au galop vers les horizons mystérieux de la Grande Euscarie !

Le spectacle de ces départs me donnait des moments de révolte exaspérée. Un jour que le Centaure s'était montré plus arrogant, et Geneviève plus cruelle, j'essayai de me libérer de cet affreux esclavage. Je quittai Pokmé, résolu à n'y revenir jamais. Je me réfugiai chez Ayné-Khan. Eloh m'accueillit avec une joie bruyante. La mammouthe semblait étrangement émue. Ayné-Khan me pria de considérer sa maison comme la mienne.

Je passai quelques jours chez les mammouths. Mme Ayné-Khan était remplie d'attentions pour moi. Je restais de longues heures auprès d'elle, toujours émerveillé de voir, sous sa trompe experte à tant de menus travaux, la trame d'arahé se couvrir de savantes arabesques.

J'aurais pu vivre heureux et tranquille dans cette "maison du lac" comme l'appelait Ayné-Khan. Mon amour implacable ne me permit pas d'apprécier longtemps les charmes de cette sage retraite. Je ne supportai pas d'être séparé de Geneviève. Me tenir éloigné d'elle, cela ne faisait que renforcer la position de mon ennemi, lui laisser plus de liberté encore.

Cette pensée emporta mes résistances. Je quittai la maison du lac et je rentrai à Pokmé.

Geneviève m'accueillit comme si j'étais parti seulement depuis quelques heures. Aucune allusion ne fut faite à mon absence. Mais la joie du triomphe se lisait dans son regard. Mon aveugle soumission lui était pour le moins aussi nécessaire que l'impossible amour du Centaure. Il fallait qu'elle nous dominât tous deux, qu'elle nous sentît vibrer entre ses doigts frêles. Peut-être aussi était-elle surtout inconsciente, et ne voyait-elle dans la morale qu'une loi bassement commune, qui devait céder à son désir.

Je repris à Pokmé le dur esclavage, auquel rien ne pouvait me soustraire. Ce furent de nouveau les longues matinées passées en compagnie de Geneviève... et puis, le soir, les douloureuses abdications. Geneviève menait avec aisance cette vie en partie double. Pour moi, désireux avant tout d'éviter le spectacle de ses départs avec le Centaure, je pris bientôt l'habitude de m'éloigner dès la fin du repas qui marquait la limite de mes droits.

J'allais vivre ces désolantes soirées chez les mammouths, à la maison du lac. Mme Ayné-Khan s'apitoyait au récit de mes malheurs et de mes angoisses. Je voyais parfois passer dans ses yeux d'étranges lueurs, comme si, à ces mots d'amour que je prononçais sans cesse, un lointain passé s'éveillait, mystérieux, dans son âme endormie.

Désireux de trouver un dérivatif à mon incurable tristesse, Ayné-Khan m'emmenait souvent à Yalna. J'en vins à fréquenter assidûment le Dhôme. Dans ce milieu de savants, je me fis des amis dévoués et précieux. J'essayai de m'occuper à nouveau des recherches qui m'avaient jadis passionné. J'eus ainsi de longs entretiens avec le géologue Gléou-Khan. C'était un vieillard vénérable, qui avait vécu, tellement il avait d'années, la plupart des événements dont il parlait.

Il avait vu le grand déluge submerger le monde. Il avait assisté à l'effondrement de la Vieille Euscarie. Il s'était enfui plus tard devant les immenses glaciers qui envahissaient les vallées et les plaines fertiles. De sa vie dans les Pays-d'en-Haut, il conservait le souvenir de luttes incessantes contre les éléments extérieurs, de luttes intestines aussi. Les mammouths se jalousaient entre eux et se livraient des combats implacables.

Alors le Mammouth Bleu était venu. La loi de l'Ohim avait mis fin aux querelles de clan, et, pour écarter la menace des dangers extérieurs, les mammouths s'étaient retirés dans le monde souterrain.

Je demandai à Gléou-Khan comment avaient pu se former ces immenses cavernes qui constituaient l'extraordinaire empire du Mammouth Bleu.

Gléou-Khan pensait que la Grande Euscarie avait été créée par le refroidissement de la nébuleuse primitive. A cette époque, l'écorce terrestre s'était solidifiée la première, formant une sorte de croûte sur le noyau central encore en fusion. Ce noyau central s'était refroidi à son tour, et, se rétractant, il était resté séparé de l'écorce terrestre par les grands espaces vides qu'habitaient maintenant les mammouths.

Au cours des âges, certaines parties du monde extérieur s'étaient effondrées. Mais partout où l'écorce avait résisté, c'est-à-dire au niveau des continents actuels, la voûte terrestre constituait une sorte de dôme au-dessus des immenses espaces formés à l'origine du monde.

— C'est la gloire du Mammouth Bleu, ajouta Gléou-Khan en s'inclinant avec respect, d'avoir réussi à nous entraîner dans ce tranquille monde souterrain où nous attendaient de longues existences confortables et sûres.

— Confortables, peut-être, objectai-je, mais venir vivre ici, c'était abandonner l'air libre, le soleil !

— Un soleil qui disparaissait tous les soirs, et nous laissait la moitié de notre vie dans une obscurité profonde ! Non, les mammouths n'ont rien regretté, du moins l'immense majorité d'entre eux. Quelques fous, quelques prétendus artistes se sont obstinés à vivre la dure existence des Pays-d'en-Haut. Ils ont rapidement péri, ensevelis par les glaciers ou noyés par les eaux.

Gléou-Khan ne pensait pas que la Grande Euscarie fût le seul État souterrain possible.

— Depuis les anciens âges, me dit-il un jour, la structure de notre planète a certainement changé. Il est même tout à fait probable qu'au-dessous de notre Monde Souterrain, d'autres mondes se sont formés par suite de refroidissements et de contractions successives. Et de même que l'Euscarie était habitée avant notre arrivée par les Centaures, peut-être ces Mondes Intérieurs sont-ils peuplés par une race qui nous est inconnue et dont nous osons à peine imaginer l'existence !

J'admirais la hardiesse de ces idées, et je prenais tant d'intérêt à converser avec ce vieux savant que j'en oubliais parfois, auprès de lui, Geneviève et mon malheureux destin.

Un autre de mes amis de Yalna était le médecin Yérémi-Khan. Chez les mammouths, la médecine se réduisait à des mesures d'hygiène et de prophylaxie. La principale fonction de Yérémi-Khan était la direction des laboratoires où se préparait l'Ohim.

Je visitai ce remarquable centre de recherches. L'Ohim avait été l'objet de perfectionnements successifs. C'était une composition complexe qui groupait les sérums contre les maladies, les sérums contre les passions, et enfin cet extraordinaire sérum contre l'ennui dont m'avait parlé le Mammouth Bleu.

Pour éviter toute réaction possible de certains esprits particulièrement pervertis, ou qui n'avaient pu être amenés au Dhôme que très tard, les savants de Yalna étaient même parvenus à incorporer à l'Ohim un extrait d'ahéga, la fameuse plante qui donnait l'oubli. Il en résultait que les sujets traités au Dhôme en sortaient avec des âmes entièrement neuves et restaient désormais incapables de se passionner pour rien, même pour de simples souvenirs rétrospectifs.

— Cette vaccination, demandai-je, est-elle uniformément acceptée ?

— Uniformément. Il n'est jamais nécessaire de recourir à la contrainte. Les mammouths reçoivent l'Ohim aux premiers temps de leur adolescence. Cependant les provinces éloignées nous envoient parfois des mammouths plus âgés. C'est pour ceux-là surtout que nous avons voulu obtenir l'oubli des passions anciennes. Sur ce point, le nouvel Ohim, que nous fabriquons depuis près de dix siècles, donne des résultats merveilleux. Si vous vous décidiez à essayer sur vous-même, vous seriez stupéfait de la transformation obtenue. Vos malheurs seraient tellement oubliés qu'ils vous sembleraient n'avoir jamais existé.

— Je n'aurais jamais connu Geneviève ?

— Vous l'auriez connue comme une personne neutre, indécise, comme une personne ressemblant à une infinité d'autres que vous avez aussi connues et auxquelles vous ne pensez plus.

— Votre sérum est admirable, Yérémi-Khan, m'écriai-je, mais il est précisément pour moi bien trop admirable !

— Songez, reprit Yérémi-Khan, que cette sage loi de l'Ohim rend aux mammouths des services incalculables. Ceux de ma race sont devenus à peu près éternels.

Je ne m'arrêtai pas à discuter avec le mammouth des conditions par trop spéciales de cette éternité. Une objection venait de se présenter à mon esprit.

— Ces éternelles existences, objectai-je, doivent avoir eu pour conséquence une augmentation anormale du nombre des mammouths ?

— Nous avons dû évidemment limiter la procréation. Actuellement, lorsque, par suite d'un accident ou d'une sénilité exagérée, un mammouth disparaît de la Grande Euscarie, nous autorisons un de nos compagnons choisi parmi les plus savants et les plus sages à procréer un remplaçant. Nous arrivons ainsi à perfectionner sans cesse notre race. En dehors de ces autorisations régulières, aucune fantaisie n'est permise. Nul ne se permettrait d'enfreindre cette règle.

— Le Mammouth Bleu est ainsi le maître absolu de vos destinées, un maître dont vous ne songez pas à discuter les ordres.

— Pourquoi les discuterions-nous ? Khan-Aren-Khan est le Roi du Monde. Aucun mammouth ne songe à s'affranchir de sa paternelle direction.

J'admirai comment cette race s'était soumise, presque sans le savoir, à un esclavage formidable.

J'eus d'ailleurs à cette période l'occasion de voir à plusieurs reprises Khan-Aren-Khan. Et je suis encore à me demander si ce vieux mammouth était un effroyable tyran, ou s'il n'était pas lui-même la première victime de cette loi draconienne de l'Ohim. Dans ce cas, cette loi détenait, elle seule, la véritable puissance, et C'ÉTAIT UNE FORMULE, UNE SIMPLE FORMULE, QUI RÉGNAIT SUR LES ÉTATS DU MAMMOUTH BLEU ! Pour moi, un autre servage déterminait mes actes et mes pensées. Par certains côtés, ce servage était cruel et implacable. Je me sentais vivre cependant, je me sentais souffrir.

Et je préférais cette souffrance au calme béat de ces éternels mammouths.

Aussi, c'était quelquefois sans regrets qu'après ces longues soirées passées avec les savants du Dhôme je revenais en compagnie d'Ayné-Khan à la maison du lac.

Je partageais le repas des mammouths. Je me laissais un moment envelopper par la sympathie douce et discrète de la mammouthe. Puis Eloh me reconduisait à Pokmé.

A cette heure tardive, je ne trouvais personne pour m'accueillir dans le palais silencieux. Enfermée chez elle, Geneviève reposait. Ibrida, retiré dans l'aile la plus vétuste de son palais ruiné, songeait sans doute au triste destin du dernier roi de Pokmé.

Et comme je regagnais ma chambre, j'entendais parfois, dans les couloirs, le pas claudicant du vieil Oucha, qui se traînait sur les dalles branlantes.

*
* *

Ayné-Khan me demandait, parfois, si je ne me décidais pas à me libérer de l'influence néfaste qui me retenait au palais du Centaure. Il voyait ma mélancolie profonde, et l'attribuait à l'étrange existence que je persistais à mener.

Mais à cette existence, je me sentais rivé par des liens invincibles. Je n'avais le choix qu'entre deux alternatives, supporter ma misère ou écouter les conseils du Mammouth Bleu et recevoir l'Ohim. Or, je ne pouvais renoncer à Geneviève. Il me semblait que j'arriverais à la convaincre, à la reconquérir. A certains symptômes, je croyais deviner que Geneviève changerait un jour. Elle avait fait maintenant le tour de son aventure. Le Centaure ne l'étonnait plus. La séduction de l'Inconnu avait déjà joué pour elle. Son esprit, toujours à la recherche du nouveau à atteindre, commençait à percevoir que les jours succédaient aux jours sans varier sensiblement son existence.

Je comprenais maintenant que, lors de mon arrivée, Geneviève commençait à se lasser du Centaure et de son palais ruiné. Malheureusement, j'étais venu donner à cette aventure un renouveau d'intérêt. Geneviève s'était excitée au spectacle de notre rivalité. Je ne veux pas dire qu'une telle pensée ait été bien consciente dans son esprit, mais cette situation nouvelle avait fourni un aliment inattendu à sa curiosité fondamentale et secrète.

Ce qui l'avait peut-être le plus déçue, c'était que, le Centaure et moi, nous ayons adopté l'attitude singulière de nous ignorer l'un l'autre. Nous supprimions ainsi non pas notre jalousie, mais tout au moins les manifestations de cette jalousie.

Dans cette voie, j'eus l'idée d'aller plus loin. Je pouvais simuler une lassitude bien explicable, refouler en moi mon amour meurtri, et ne plus mettre dans mes relations avec Geneviève qu'une froideur apparente et impassible, sous laquelle se dissimulerait toute la duplicité dont je me sentais capable.

Peut-être arriverais-je ainsi à troubler l'esprit de ma fiancée, et pourrais-je prendre sur le Centaure quelques avantages.

Geneviève me fournit bientôt l'occasion d'essayer les effets de cette tactique. Voyant que j'affectais de ne jamais lui parler d'Ibrida, et ne craignant plus maintenant une trop grave réaction de ma part, elle essaya un jour d'attiser ma jalousie en mettant elle-même la conversation sur le Centaure. J'avais compris cette manœuvre et j'étais décidé à ne donner aucun aliment à cette redoutable curiosité.

— Ibrida ? dis-je d'un ton très calme. Je ne conçois pas que tu t'intéresses encore à cet animal difforme.

— Un animal ! se récria-t-elle. Pourquoi l'appeler ainsi ! Serais-tu jaloux d'un animal ? Car tu es jaloux de lui, c'est trop évident.

— Non. Je l'ai peut-être été autrefois. Puis j'ai fini par comprendre que seule la pitié t'avait rapprochée de ce monstre déchu.

A ce mot de "monstre", l'attitude de Geneviève marqua une irritation visible. Et moi, le cœur serré, mais la voix froide et très calme, je continuai :

— Il faut me pardonner, Geneviève. Quand je pense à toi, il m'arrive de ne pas rester maître de ma raison. Je me laisse ainsi parfois dominer par des idées, dont, ensuite, je ne sens que trop le ridicule. J'ai cru ainsi au début que tu étais liée à Ibrida par je ne sais quel sentiment complexe, qui était plus que de la reconnaissance... sans ressembler cependant...

— ...à de l'amour ! C'est ce que tu veux dire ?

— Non. Je ne me suis jamais laissé entraîner jusque-là. On ne peut aimer Ibrida !

Le regard de Geneviève sembla se perdre dans une indifférence simulée.

— Pourquoi ? dit-elle. Je ne vois pas...

— C'est alors que tu ne veux pas voir. On ne peut supprimer cependant ce corps velu et grossier, cette croupe ridicule, et cette longue queue enfin qui se balance comme un chasse-mouches sur ces cuisses de cheval !

— Tais-toi ! me dit-elle. Tais-toi !

Un pli barrait son front. Je sentais que, devant mon mépris affecté, elle restait impuissante. L'observation moqueuse avait porté. Elle aurait voulu m'écraser, mais elle ne pouvait faire que le Centaure ne fût un monstre, et elle en voulait à Ibrida de la défaite qu'elle venait d'éprouver devant moi.

Les jours qui suivirent, je développai mon plan avec une ténacité et surtout avec une perversité dont je ne me serais jamais cru capable.

Je ne manquais pas une occasion de parler, avec une sorte de pitié protectrice, de ce "malheureux Centaure".

Je m'apitoyais sur sa difformité "monstrueuse et grotesque". Je plaignais Geneviève d'être liée par une reconnaissance (mon Dieu ! au fond, pas très indispensable) envers cette "créature disgraciée" qui n'était ni bête ni esprit, ni homme ni cheval, mais dont l'allure générale dégageait une "bestialité repoussante".

Ces sourdes manœuvres produisirent bientôt leur fruit. Je sentais Geneviève gênée, embarrassée, lorsque nous parlions d'Ibrida. C'était elle maintenant qui cherchait à détourner la conversation. Mais, sans lui laisser le temps d'oublier cette impression désagréable, je ramenais aussitôt sa pensée sur "la Bête".

Un jour, enfin, que j'avais fatigué Geneviève de mes moqueries discrètes et de mon dédain affecté, je la vis entrer dans la voie des confidences : oui, tant que je n'avais pas été là, elle s'illusionnait, elle ne percevait pas l'étrangeté de sa vie dans ce palais ruiné. Maintenant, elle se demandait…

Je ne poussai pas plus loin mon avantage. Je m'attachai, au contraire, à faire remarquer que le Centaure n'était pas responsable de sa difformité, qu'il fallait conserver envers lui certains égards.

Dès notre repas terminé, je me retirai un peu froidement, parlant d'un rendez-vous avec Ayné-Khan, comme si les mammouths de Yalna m'intéressaient davantage que Geneviève et ses sympathies obligées envers "la Bête".

Je me dissimulai dans le jardin. Je vis bientôt arriver Ibrida. Il entra dans le palais... Au bout d'un temps très court, il ressortit, et, cette fois… il sortit seul !

Il passa non loin de moi, las, malade, désespéré. Je ne le plaignais pas. Trop de rancœurs et trop de haines s'étaient accumulées entre nous… Mais j'avais trouvé la voie maintenant ; et j'étais tout fiévreux de l'avenir entrevu !

Je courus comme un fou à la maison du lac, et je racontai mon aventure à la mammouthe.

— Ainsi, me dit-elle, vous pensez reconquérir votre fiancée ?

— J'ose l'espérer.

La mammouthe balança lentement sa trompe dans une attitude mélancolique.

— Oui, vous arriverez, je le crois… Je le souhaite pour vous.

Sa voix était languissante et comme désabusée.

A ce moment, Ayné-Khan entra.

Je lui dis mes nouveaux espoirs.

— Je ne puis arriver à comprendre l'intérêt que vous portez à de telles futilités, me répondit le mammouth. Abandonnez ces pauvres pensées. J'ai à vous proposer aujourd'hui une occupation autrement raisonnable : il y a grande réunion chez le Mammouth Bleu. Les plus distingués savants du Dhôme seront là. J'ai l'autorisation de vous emmener.

J'acceptai l'invitation d'Ayné-Khan. Il me hissa sur sa crinière, et nous prîmes la route de Yalna.

L'affluence était grande chez le Roi du Monde. Deux mammouths du Dhôme venaient d'être élevés à la dignité de "Khan", et le Mammouth Bleu recevait solennellement, à cette occasion, les savants de Yalna.

Dès notre entrée dans la salle où les mammouths étaient réunis, nous fûmes saluer Khan-Aren-Khan. Il m'accueillit avec sa bienveillance habituelle. Il parut seulement un peu surpris de ne pas me trouver encore décidé à recevoir l'Ohim.

Je lui répondis qu'avant de prendre une décision aussi grave je tenais à épuiser toutes mes chances auprès de Geneviève. Je ne lui cachai pas que, de ce côté, ma situation ne paraissait plus aussi désespérée.

— Les illusions sont le propre de ta race, me répondit-il. Je te souhaite de réussir dans tes projets, quoiqu'il me semble bien peu sage de t'encourager dans cette voie.

Je me retirai dans le cercle des mammouths. J'étais placé entre Ayné-Khan et le grand physicien Douma-Khan, un des plus célèbres savants du Dhôme. Je n'avais pas eu encore l'occasion de le rencontrer. Ayné-Khan me présenta à lui, et le vieux mammouth tint à me prendre sur sa crinière.

L'assemblée manquait totalement d'animation. On y parla d'une réorganisation administrative qui mettait encore davantage les mammouths sous l'autorité du Roi du Monde. Je fus étonné de voir avec quelle facilité ces mesures d'asservissement étaient acceptées.

Les deux nouveaux Khans de Yalna furent présentés à l'assemblée qui manifesta son approbation dans un calme absolu.

Après quoi, des conversations particulières s'établirent entre les mammouths. Ils échangeaient entre eux leurs idées, et en référaient au Roi du Monde chaque fois qu'un point délicat donnait lieu à des interprétations divergentes.

Douma-Khan m'interrogeait avec curiosité. Il était contemporain du Mammouth Bleu. Ils avaient jadis habité ensemble ces "inconfortables Pays-d'en-Haut". Je ne considérais pas sans respect ce savant qui avait vécu sur notre terre à l'époque quaternaire, et que je rencontrais toujours vivant, affable et digne, dans cette Euscarie souterraine.

Il me demanda si les hommes n'avaient conservé aucun souvenir de l'ancien règne des mammouths.

— Aucun, lui dis-je.

— Cependant, vous parlez très correctement notre langue.

— A moins que ce soit vous qui parliez la nôtre.

Mais je sentais que, sur ce point, la thèse des mammouths était vraie.

— Même dans l'Euscarie actuelle, expliquai-je au vieux mammouth, même au cœur du pays basque, les hommes d'aujourd'hui ignorent votre civilisation et votre race.

Je me souvins alors de la conversation que j'avais eue avec Geneviève, et je racontai à Douma-Khan l'histoire du "mamou", cet animal fantasmagorique dont nous menaçait parfois mon grand-père Irizarte.

— Le "mamou" ! fit Douma-Khan.

— Oui. Nous en avions même très peur !

Douma-Khan agita l'air de ses immenses oreilles, ce qui, chez les mammouths, est un signe d'hilarité.

— Mais pas plus les enfants que les vieux grands-pères, expliquai-je, n'ont jamais songé chez nous à identifier ce redoutable et mystérieux "mamou" avec un être de votre race. Seul le mot est resté... avec peut-être le lointain écho de relations... un peu pénibles.

— Nos ancêtres n'étaient pas aussi sages que les mammouths d'aujourd'hui, avoua Douma-Khan, et nos premières relations avec les hommes ne furent pas toujours pacifiques. L'existence était dure dans les Pays-d'en-Haut. Nous restions à la merci des éléments, à la merci des saisons. Aussi engagions-nous parfois des luttes fatales avec ceux qui nous disputaient la possession d'un abri ou le droit de vivre sur certains pâturages.

J'expliquai à Douma-Khan que les conditions de vie dans le Monde Extérieur n'étaient maintenant plus les mêmes. Grâce à leur intelligence, les hommes avaient gagné l'indispensable sécurité.

— Quant au confort, ajoutai-je, notre science nous a permis sur ce point des réalisations dont en Euscarie vous n'avez même pas l'idée.

Et comme Douma-Khan s'étonnait, je lui expliquai, pour prendre un exemple, comment des monstres de fer, roulant sur des rails interminables, nous faisaient parcourir en un temps très court d'énormes distances.

Alors Douma-Khan se mit à rire de son rire saccadé de vieux mammouth.

— Les hommes d'aujourd'hui sont vraiment d'un orgueil incalculable, fit-il amusé. Les mammouths ont abandonné depuis longtemps le principe de ces inutiles découvertes dont vous êtes si fier. L'obstination mise par vos savants à chercher dans cette voie ridicule dénote de leur part une méconnaissance complète de la question. Tout, dans la vie, se résume dans la lutte contre le Temps. Vous avez pensé pouvoir gagner le Temps de vitesse, et vous n'êtes arrivés qu'à réaliser une vie trépidante, désagréable et follement agitée.

"Ici, nous avons cherché, au contraire, à nous donner une existence tellement longue que nous n'avons pas vaincu le Temps, c'est vrai, mais nous l'avons tout simplement supprimé. L'Ohim nous a suffi pour atteindre ce résultat. Dans ces conditions, ce que vous appelez le Progrès n'a plus aucun sens pour nous. Le Progrès, le seul et véritable Progrès, c'est de durer. Tout le reste vient par surcroît !"

Je sentais que ce raisonnement spécieux ne me satisfaisait pas. Cependant, ce n'était là qu'une impression que je n'aurais pas su matérialiser par une objection sérieuse. L'optimisme et la satisfaction béate des mammouths finissaient par me plonger moi-même dans une certaine incapacité de raisonner, lorsque ma pensée allait contre cette Raison souveraine qui s'épandait du Mammouth Bleu sur les sages de Yalna, et de là sur tous les mammouths d'Euscarie.

Je n'avais pas reçu l'Ohim cependant, mais, au milieu de ces mammouths, je me sentais atteint d'une indéfinissable langueur de pensée. Ma curiosité s'émoussait très vite, et je n'éprouvais aucune ardeur à vouloir résoudre les problèmes nouveaux que je voyais se poser autour de moi.

Je savais, par exemple, que les centaures avaient utilisé, les premiers, l'éclairage à l'argain. Mais c'étaient les travaux scientifiques de Douma-Khan qui avaient permis de réaliser l'éclairage diffus et permanent grâce auquel l'Euscarie avait été définitivement libérée de la nuit. Je ne songeais pas cependant, alors que j'étais juché sur la crinière de cet éminent physicien, à lui demander des précisions sur cette réalisation remarquable.

Je me trouvais dans une atmosphère où mon esprit n'était pas libre. La pensée de Khan-Aren-Khan paraissait se diffuser insidieuse, non seulement sous ces énormes crânes de mammouths, mais peut-être aussi sous le mien.

Je compris mieux alors pourquoi les centaures n'avaient jamais voulu se soumettre, et ce fut avec la sensation d'une libération réelle qu'après cette journée passée à Yalna, je rentrai le soir dans le palais ruiné du dernier roi de Pokmé.

*
* *

Les jours suivants, je remarquai que Geneviève était nerveuse, tourmentée. Je comprenais qu'elle cherchait à se libérer d'Ibrida. Aux efforts qu'elle était obligée de faire pour affranchir sa pensée, je constatais avec tristesse combien était profond le sentiment incompréhensible qui l'avait rapprochée du Centaure.

Mon ironie avait brisé le rêve. Le roi de Pokmé n'était plus qu'un monstre encombrant, et peut-être déjà indésirable. Accablée par cette évidence, Geneviève traversait une crise de mélancolie et de lassitude. Dans son esprit désenchanté, les vieilles notions traditionnelles reprenaient le dessus.

Combien de temps durerait cette mentalité nouvelle ? J'avais l'impression que, si je m'attardais, je perdrais peut-être l'avantage si péniblement acquis. Il fallait agir et agir vite, profiter de ce trouble pour séparer Geneviève du Centaure, éloigner définitivement toute tentation.

Tel était le but à atteindre, mais la tâche se révélait difficile et pleine d'embûches.

Il ne suffisait pas, en effet, de décider Geneviève à quitter Pokmé. Je devrais auparavant préparer ailleurs une retraite sûre, à l'abri des tentatives que ne manquerait pas de faire le Centaure pour reconquérir ma fiancée, à l'abri aussi des tentatives qu'elle ferait peut-être elle-même pour revenir à Pokmé.

Je ne pouvais compter sur la maison du lac. D'abord Geneviève aurait été bien trop près de Pokmé. Puis je savais qu'Eloh mis à part les mammouths lui étaient profondément antipathiques. D'autre part, dans ce Monde Souterrain, organiser une retraite sans l'aide des mammouths paraissait impossible.

Fallait-il alors songer à entraîner par surprise Geneviève au Dhôme ? Certainement Yérémi-Khan, avec lequel j'entretenais d'excellentes relations, se mettrait à mon entière disposition. Mais si je m'attachais à reconquérir Geneviève, ce n'était pas pour la perdre d'une autre manière en nous soumettant tous deux à la loi de l'Ohim !

Comme je réfléchissais à ce problème difficile, une idée vint soudain germer dans mon esprit. Une idée, la seule intéressante à la vérité, une idée dont la réalisation serait peut-être inexécutable, mais que je devais essayer de réaliser tout de même… Il fallait nous libérer à la fois du Centaure et des mammouths. Pour atteindre ce résultat… oui, c'était cela !… Il fallait essayer de revenir à la surface de la terre, en entraînant Geneviève avec moi !

*

* *

Cette idée m'absorba bientôt à tel point que je ne pouvais songer à rien d'autre.

Revenir ! Essayer de revenir !

Je pensai d'abord à reprendre, en sens inverse, les voies souterraines qui nous avaient menés, Geneviève et moi, en Euscarie. Ce plan se révélait hérissé de difficultés.

J'abandonnai tout de suite l'idée de remonter le cours de l'Ondac pour essayer de parvenir à la rivière souterraine dont le courant m'avait porté jusqu'au lac Beltal. La cascade d'Init formait, de ce côté, un obstacle infranchissable.

Pouvait-on, d'autre part, tenter, par la grotte des Fées, de rejoindre Dargilan ? Cette voie paraissait plus abordable. Cependant, elle n'était pas dénuée de risques. Geneviève ne s'était sauvée que par un concours de circonstances tout à fait exceptionnel. Elle avait laissé derrière elle un cadavre… Et si nous revenions par ces galeries, ce cadavre formait déjà par lui seul… un obstacle… Darley était mort, oublié… Je ne voulais à aucun prix réveiller le souvenir de ces heures pénibles…

Une autre idée me parut bientôt présenter des possibilités intéressantes. Les mammouths avaient habité autrefois la surface de la terre. Ils ne devaient pas avoir perdu tout souvenir des voies qui leur avaient permis d'accéder au monde souterrain. Khan-Aren-Khan m'avait déclaré avoir fait détruire les vastes galeries utilisées jadis par les mammouths. Mais le Mammouth Bleu me cachait peut-être une partie de la vérité.

J'interrogeai Ayné-Khan à ce sujet.

Il me confirma le récit du Roi du Monde. Les galeries qui faisaient communiquer autrefois l'Euscarie avec les Pays-d'en-Haut avaient été fermées.

— Au long des âges, m'expliqua-t-il, les cours d'eau souterrains ont pu creuser à notre insu des voies nouvelles, comme celles qui vous ont amené en Euscarie. Mais ces passages sont par trop dangereux. Si le Mammouth Bleu soupçonnait qu'ils puissent être pratiquement utilisés, il les ferait détruire aussitôt.

— Les mammouths n'ont-ils donc conservé aucune voie de retour ? insistai-je. Au cas d'un cataclysme inattendu qui atteindrait votre monde souterrain, il ne vous resterait aucune possibilité de revenir à la surface de la terre ?

— Nous n'envisageons aucun cataclysme de ce genre, me répondit Ayné-Khan.

Puis, étonné de l'insistance que je mettais à vouloir éclaircir cette question, il essaya de connaître le fond de ma pensée.

Je ne cherchai pas à dissimuler mes projets, et je confiai au mammouth les raisons qui me poussaient à envisager notre retour vers les Pays-d'en-Haut.

— Je ne vois que cette solution, lui dis-je. Si nous restons en Euscarie, la situation est sans issue.

— Je pensais qu'à la longue vous auriez écouté les conseils du Mammouth Bleu. Le Dhôme aurait été pour vous le meilleur asile.

— En d'autres circonstances, peut-être… Mais je l'aime, entendez-vous… je l'aime !

Mme Ayné-Khan, qui assistait à notre entretien, agita sa trompe en se balançant sur ses larges pattes. Puis elle se détourna brusquement et sortit dans le jardin.

Ayné-Khan fit claquer ses oreilles d'un air réprobateur. Il essaya de me montrer encore la folie de ma passion inconcevable.

— Sur ce point, vous ne pouvez comprendre, Ayné-Khan, lui dis-je. Excusez-moi. Je ne puis me rendre à vos raisons.

— Oui, je vois… Aussi, je n'insisterai plus. Quant à satisfaire votre désir de retour, je crains que vous n'alliez au-devant d'impossibilités absolues.

Nous causâmes un moment encore, puis le rideau de la salle se souleva, et je vis apparaître Yérémi-Khan, qui était invité ce jour-là à la maison du lac.

— Je viens de rencontrer Mme Ayné-Khan, nous dit-il. Elle paraissait étrange, et comme déconcertée.

Ayné-Khan expliqua que c'était mon obstination qui troublait ainsi la mammouthe.

— Certains mots, et notamment ceux qui se rapportent à cette préhistorique passion de l'amour produisent sur elle un malaise inexplicable. Il semble que, dans son cas particulier, l'Ohim n'ait eu qu'une action insuffisante.

— Envoyez Mme Ayné-Khan passer quelques jours à Yalna, proposa Yérémi-Khan. Nous la soumettrons à quelques séances de réactivation, et tous ces petits ennuis ne se renouvelleront plus. Votre hôte pourrait d'ailleurs saisir cette occasion pour venir lui aussi au Dhôme et demander à recevoir l'Ohim.

Je répondis à Yérémi-Khan que mes sentiments étaient loin de favoriser de pareils projets, et je lui confiai mon intention de retourner vers les Pays-d'en-Haut.

— Revenir à la surface de la terre ! s'exclama le mammouth. Ce serait une inconcevable folie !

— Tout mon désir est que vous m'aidiez à réaliser cette folie.

— Tentative impossible ! Je ne vois pour vous aucun moyen de revenir.

J'insistai encore, et je crus remarquer que Yérémi-Khan semblait considérer mon plan comme moins irréalisable qu'il ne le prétendait.

— Vous me cachez quelque chose, me récriai-je. Il est inadmissible que le Roi du Monde ne se soit pas réservé une voie de retour.

Yérémi-Khan semblait perplexe.

— Vous ne voulez rien me dire, continuai-je, mais notre départ serait possible et vous le savez très bien.

Cette fois, Yérémi-Khan protesta :

— Non, me déclara-t-il. Je ne sais à la vérité rien de précis. La pensée m'était venue seulement…

Et, s'adressant à Ayné-Khan :

— Je songeais à l'affaire des Mammouths Maudits. Peut-être la galerie de Fauzan…

— Fauzan ! me récriai-je. Vous parlez de la grotte de Fauzan !

— Fauzan, oui. Comment connaissez-vous ce nom ?

— Je connais très bien et le nom et la grotte ! Dans les Pays-d'en-Haut, l'ossuaire de Fauzan a toujours passionné les spéléologues.

— Ce que vous appelez l'ossuaire de Fauzan n'est sans doute autre chose que le cimetière des Mammouths Maudits.

Yérémi-Khan me raconta alors une étrange histoire. Comme je l'avais supposé, la loi de l'Ohim n'avait pas été acceptée par les premiers mammouths avec l'enthousiasme que l'on observait maintenant. Aucune résistance ne s'était à la vérité produite, tant que le fameux sérum s'était borné à la lutte contre les maladies. Mais, dès que le sérum contre les passions fut incorporé à l'Ohim, certains mammouths ne voulurent pas se résigner à perdre l'amour et les "agitations funestes" qui en découlaient.

— Ces mécontents se révoltèrent, m'expliqua Yérémi-Khan.

— Révolte bien excusable.

— Oui, je sais. Vous êtes attaché vous aussi à ces erreurs. Quoi qu'il en soit, une guerre terrible éclata dans le Monde Souterrain. Le Mammouth Bleu en sortit vainqueur. Plusieurs milliers de mammouths avaient péri. Khan-Aren-Khan fit faire des funérailles grandioses à ceux de son clan, mais il ne voulut même pas conserver dans ses nouveaux États les cadavres de ses ennemis. Il maudit solennellement ces lugubres dépouilles et décréta qu'elles seraient rejetées sans pitié dans le monde extérieur. Un passage souterrain assurait encore les communications entre les Pays-d'en-Haut et notre nouvel empire. Le Roi du Monde décida d'obstruer la grotte de Fauzan, par laquelle s'ouvrait ce passage, en y accumulant les cadavres des Mammouths Maudits.

— L'ossuaire ! l'ossuaire ! Tout s'explique !

Je racontai alors à Yérémi-Khan comment les énigmatiques phosphates de

Fauzan avaient suscité d'innombrables hypothèses relatives à leur origine.

— Notez que l'on a identifié les squelettes des mammouths comme base principale de ces gisements, mais on n'a jamais découvert la raison qui avait provoqué la formation de cet immense ossuaire. Nul ne pouvait songer à ce sombre drame des "Mammouths Maudits".

J'ajoutai que les phosphates de Fauzan étaient la propriété d'une Société Minière. Les restes des Mammouths Maudits servaient à la fabrication d'un vulgaire engrais !

Yérémi-Khan ne parut pas ému de cette profanation.

— Ainsi sont châtiés éternellement, me dit-il, et jusque dans leur sépulture, ceux qui voulurent se révolter contre l'autorité du Roi du Monde !

Je cherchai à ramener le mammouth à la question qui était pour moi d'une importance vitale.

— Ces considérations philosophiques sont intéressantes, lui dis-je, mais excusez-moi de revenir au point qui me tient à cœur. J'ai cru comprendre que vous envisagiez la grotte de Fauzan comme une issue possible.

— Depuis des siècles, me déclara Yérémi-Khan, le souterrain de Fauzan est considéré comme un lieu interdit. Jamais les mammouths n'ont essayé de pénétrer dans les galeries. Mais je n'ai pas entendu dire qu'elles aient été détruites. On doit pouvoir arriver au cimetière des Mammouths Maudits. Un passage s'est probablement formé au-dessus du monceau de cadavres, et, si cette voie lugubre ne vous effraye pas, vous pourriez essayer de rejoindre par là le Monde Extérieur. Il faudrait avant tout obtenir l'autorisation du Mammouth Bleu.

— Je ne veux rien tenter sans l'agrément du Roi du Monde, m'empressai-je de déclarer.

Yérémi-Khan me représenta encore la triste destinée qui m'attendait dans les Pays-d'en-Haut. Mon "inconcevable obstination" finit cependant par triompher.

— Je parlerai au Mammouth Bleu, me dit-il d'un ton résigné. Vous pouvez compter sur moi.

*
* *

Rentrant à Pokmé, je réfléchissais à cet élément nouveau qui pouvait apporter tant de changements dans notre existence.

Je ne doutais pas que le Roi du Monde n'acceptât de nous laisser partir, Geneviève et moi, si ce départ était possible.

Le spectacle de ma folle passion pour Geneviève risquait, en effet, de susciter à la longue, chez les mammouths, des pensées qui ne seraient plus de l'ordre de celles que tolérait le Mammouth Bleu dans ses États.

Certes, les centaures avaient toujours mené en Euscarie des existences déraisonnables, mais il n'était pas très prudent de laisser paraître que les hommes eux aussi communiaient largement dans cette déraison.

Si embués qu'ils fussent par l'Ohim, les cerveaux des mammouths finiraient peut-être par réagir devant la généralisation de faits par trop contraires à leurs règles d'existences. L'histoire des Mammouths Maudits était là pour démontrer que l'autorité de Khan-Aren-Khan avait été quelquefois discutée. Mieux valait éviter le retour possible de ces tentatives dangereuses.

Ces réflexions me faisaient envisager notre retour par Fauzan dans le domaine des possibilités.

Fauzan ! J'avais eu à plusieurs reprises l'intention de visiter cette grotte énigmatique. Des circonstances imprévues m'en avaient toujours empêché. Maintenant, c'était de l'intérieur du Monde, si ce que pensait Yérémi-Khan était exact, que je déboucherais peut-être dans la grotte ! Quel retour imprévu !... Et surtout quel retour à deux !

A deux !... Oui !... Mais il fallait d'abord convaincre Geneviève.

Dans les entretiens que j'eus avec elle les jours suivants, je m'attachai à mettre en évidence les multiples ennuis que nous donnait cette vie souterraine. J'insistai sur "l'écœurement" produit par la fréquentation obligatoire de "tous ces monstres". Je parlai de la sensation désagréable que l'on éprouvait, en ce pays étrange, d'être absolument perdus dans le Temps.

— Je ne puis plus supporter, lui disai-je, cette lumière bleuâtre, cet éclairage fastidieusement éternel. J'en suis venu à fermer les yeux parfois, pour essayer d'oublier un moment cette exaspérante et uniforme clarté. Te souviens-tu, Geneviève, insistai-je, te souviens-tu combien là-haut, sur notre Terre, la lumière était douce, bienveillante, et sans cesse variée selon les heures et selon les saisons. Rappelle-toi. Un coucher de soleil ! ou tout simplement le soleil, le gai soleil de midi ! Que ne donnerais-je pas pour revoir ce spectacle !

— Le soleil, oui, fit Geneviève, ce serait bon, je crois. Mais pourquoi nous arrêter à de pareils désirs ?

— Il ne faut pas désespérer. Je fréquente beaucoup les savants de Yalna... Grâce à eux, peut-être...

Elle se dressa, vibrante :

— Tu me caches quelque chose, André ! Aurais-tu envisagé un projet de retour ?

— Je n'ai rien envisagé de précis. Cependant certaines possibilités...

Je racontai ma conversation avec Yérémi-Khan.

— Les Mammouths Maudits ! dit-elle. Je crois me souvenir, en effet. Ibrida m'a parlé de ces événements, auxquels ses ancêtres ont été mêlés.

Elle s'arrêta, rêveuse...

Je compris que la question d'Ibrida venait de se dresser devant elle. Partir, oui, elle accepterait, mais que deviendrait le Centaure dans cette aventure ?

Je ne crus pas, ce jour-là, devoir parler davantage. Il fallait laisser Geneviève s'accoutumer à cette idée nouvelle et redoutable.

Et l'accoutumance vint plus vite que je ne pensais. L'esprit capricieux et chimérique de ma fiancée était incapable de lutter contre le prestige et l'attrait d'une idée neuve. Pendant cette période, Ibrida fit à son insu tout ce qu'il fallait pour irriter Geneviève. Il sentait qu'elle se détachait de lui, et en éprouvait un chagrin immense. Ils ne sortaient presque plus jamais ensemble. Ibrida comprenait que sa monstruosité inspirait maintenant à celle qu'il aimait une répulsion instinctive. A cela il ne pouvait rien. J'étais là malheureusement pour rappeler par ma présence la différence formelle qui existait entre un homme et un monstre, si splendide que fut ce monstre !

Complètement découragé, le Centaure était devenu insupportable et hargneux. Plusieurs fois, en rentrant, je trouvai Geneviève, triste, effondrée, les yeux meurtris. Les soirées avec Ibrida ne devaient pas se dérouler dans un calme parfait ! Peut-être même... Ah ! quelle haine j'avais contre ce malheureux ! Quelle force de dissimulation je devais employer pour paraître ne m'apercevoir de rien ! Même lorsque je voyais les yeux de Geneviève encore remplis de larmes, je trouvais encore l'énergie de parler à ma fiancée d'une voix calme et désintéressée. Je plaisantais avec elle sur ce lait d'arahé qui revenait à chaque repas avec une régularité désespérante. Je lui parlais aussi de Yalna, du Dhôme, et de ces savants complètement asservis.

Geneviève écoutait à peine, étonnée de ne plus trouver en moi celui qui compatissait jadis à ses tristesses, et ne vivait que de la petite vie qu'elle voulait bien lui laisser prendre autour d'elle.

Elle en venait à désespérer elle aussi. Que lui restait-il maintenant dans cette froide Euscarie ? Un monstre impossible, un vieil adorateur lassé, et comme toile de fond : les ombres grisâtres de ces mammouths, qui passaient sages et indifférents, devant le palais croulant des rois de Pokmé !

Un soir, je la trouvai immobile, butée, le regard dur.

— André, me dit-elle, notre vie ne peut continuer ainsi. Tu avais raison. Il faut revenir, remonter sur notre Terre.

— Je me suis entretenu de ce projet, hier soir, avec Yérémi-Khan, répondis-je. Le Mammouth Bleu est absent de Yalna. Dès qu'il reviendra, Yérémi-Khan doit lui parler.

— Qu'il revienne ! fit-elle, qu'il revienne vite !

Quelques jours après, Eloh m'apporta un message de Yérémi-Khan. Le mammouth me priait de venir le voir. Khan-Aren-Khan était rentré la veille et lui avait accordé une audience.

Je me rendis aussitôt à Yalna.

— Je crois votre projet en bonne voie de réalisation, me dit Yérémi-Khan. J'ai parlé au Roi du Monde. Les galeries de Fauzan existent encore. Sauf imprévu, vous aurez gain de cause.

Je remerciai vivement Yérémi-Khan et je me rendis avec lui chez le Mammouth Bleu.

A Yalna, nous trouvâmes Ayné-Khan en conférence avec le Roi du Monde.

Ayné-Khan était sérieusement troublé. Il lui était arrivé la veille une aventure qui dépassait sa compréhension. Dans le jardin qui avoisinait la maison du lac, Mme Ayné-Khan s'était approchée du mammouth et lui avait doucement caressé la croupe avec sa trompe. En même temps, elle le regardait de ses yeux brillants, comme si elle attendait ou désirait quelque chose de ce trop sage époux.

Ayné-Khan s'était dégagé en poussant des grognements désapprobateurs, et la mammouthe s'était retirée, confuse.

Malheureusement, étant sortie ensuite dans les parages du lac Beltal, la mammouthe y avait rencontré le vieux physicien Gléou-Khan qui méditait paisiblement sur un problème de cosmogonie. A la stupéfaction de Gléou-Khan, la mammouthe s'était livrée devant lui à une gymnastique incompréhensible. Ayant voulu se rapprocher un peu trop de Gléou-Khan, elle avait même effrayé le respectable physicien qui s'était enfui et avait averti Ayné-Khan.

A notre arrivée, Ayné-Khan avait déjà exposé son histoire, et on discutait sur les moyens d'éviter le retour de pareils incidents. Khan-Aren-Khan paraissait soucieux.

— Cela vaudrait mieux, conclut-il. Vous la ferez entrer quelques jours au Dhôme.

Yérémi-Khan, consulté, appuya fortement cet avis.

Le Roi du Monde me reçut avec son affabilité habituelle. Il essaya encore de me décider à accepter l'Ohim. Je lui répondis que l'amour était tout pour moi, et que je ne pouvais renoncer délibérément à Geneviève.

— Tu es la proie d'une lamentable influence, me déclara le Mammouth Bleu. Cette femme n'a cessé de te trahir et te trahira encore. Cependant, je ne veux pas m'opposer à ton désir. Le passage de Fauzan existe, mais l'accès en est fermé du côté de notre monde par une porte de rocher. Kjerdi, le vieux mammouth que tu as dû remarquer à l'entrée de mon palais, connaît le secret du passage. Quand tu voudras partir, il te conduira. Je désirerais être informé d'un seul point : es-tu bien certain que cette femme veuille te suivre ?

— Elle me suivra.

— De même que je te laisse libre, je ne veux prendre aucune mesure de rigueur contre le Centaure.

— De telles mesures seraient inutiles. J'organiserai notre départ de manière à éviter tout incident.

— Je n'ai plus rien à te demander. Dès que tes dispositions seront prises, Ayné-Khan m'avertira. Je donnerai les ordres nécessaires.

— Ne vous reverrai-je pas ? demandai-je.

— Nous n'aurions plus rien à nous apprendre. Si tu persistes dans tes idées de départ, l'audience que je te donne aujourd'hui sera sans doute la dernière.

Il était visiblement dépité, mais il se reprit bientôt. Une bonté bienveillante apparut dans son regard.

— Écoute mes dernières paroles, me dit-il. Dans ce monde extérieur où tu désires tant revenir, tu seras, je le sais, très malheureux, et tu regretteras la grande paix que tu aurais pu trouver ici.

"Je pourrais t'abandonner à des regrets stériles, mais je crois que tu n'es pas responsable de tes passions. De plus, Ayné-Khan et tes amis du Dhôme ont intercédé pour toi. Aussi, en souvenir de tes relations avec ceux de ma race, je veux te donner la possibilité de corriger encore ton triste destin.

"Deux mois jour pour jour après ton départ, en suivant la division du Temps que vous pratiquez dans les Pays-d'en-Haut, j'enverrai Kjerdi à l'entrée du souterrain. Si, dans le Monde Extérieur, tu ne trouves que tristesse et déception, n'oublie pas que le Mammouth Bleu a voulu te réserver une dernière chance. Il te suffira, ce jour-là, de reprendre les galeries de Fauzan, et de venir frapper à la porte de rocher. Kjerdi t'accueillera dans notre empire et je ne doute pas que tu ne décides alors de rentrer au Dhôme pour recevoir le Grand Oubli."

Je remerciai vivement le Mammouth Bleu. J'avoue que je ne quittai pas sans émotion ce vieillard vénérable que je ne croyais plus revoir. En refusant l'Ohim, je l'avais profondément désillusionné. Cependant, il n'avait eu pour moi aucune parole désagréable, et je ne pourrais jamais lui manifester ma reconnaissance pour le si important service qu'il me rendait.

J'exprimai aussi toute ma gratitude à Yérémi-Khan qui avait plaidé chaleureusement ma cause auprès du Roi du Monde.

J'avais hâte maintenant de revenir auprès de Geneviève. Yérémi-Khan me hissa sur sa crinière et me ramena lui-même à Pokmé.

*
* *

Geneviève m'attendait avec impatience. Elle connaissait l'objet de ma visite à Yalna.

— Eh bien ? interrogea-t-elle, que décide le Mammouth Bleu ?

— Le Mammouth Bleu accepte, répondis-je.

Alors Geneviève baissa la tête, et longuement, longuement, elle pleura.

— Pardonne-moi, André, me dit-elle. Je suis toujours la victime de mon exaltation folle. Des rêves m'éblouissent et m'entraînent. Mais je sens trop, en m'abandonnant à ces chimères, combien je te fais souffrir... et combien j'en fais souffrir d'autres aussi.

Je compris qu'elle songeait au Centaure.

— Dans mon cœur, je t'ai depuis longtemps pardonné, Geneviève. Maintenant, ajoutai-je d'une voix plus ferme, il faut décider de l'avenir. Ne te laisse pas émouvoir par une fausse pitié.

Elle hésitait à répondre.

— Quel jour veux-tu partir ? demanda-t-elle enfin.

Je triomphais ! Ce fut comme un éblouissement brutal... mais je sentis combien il fallait rester maître de moi, être prudent...

Avec tout le calme que je pus rassembler, je représentai à Geneviève que les dispositions du Mammouth Bleu pouvaient changer. Dans cette incertitude, mieux valait ne pas s'attarder.

— Plus nous resterons ici, ajoutai-je, plus ces monstres nous paraîtront hideux et insupportables.

Geneviève sentait bien que, lorsque je parlais ainsi de " monstres ", ce n'était pas aux mammouths seuls que je pensais. Aussi me coupa-t-elle brusquement la parole :

— C'est bien. Nous partirons dans deux jours, dit-elle.

— Je ferai avertir le Mammouth Bleu.

Il fallait cependant parler du Centaure. C'était même la question essentielle.

— Et… pour Ibrida ? demandai-je.

Elle me répondit très vite, le regard dur :

— Je l'éloignerai. Ne t'occupe pas de ce détail.

Il ne me restait qu'une conduite à tenir, me retirer, sortir, faire oublier ma victoire.

Je mis dans ma voix tout ce que je pus amasser d'indifférence et de froideur :

— Je vais chez Ayné-Khan, lui dis-je. C'est lui qui doit avertir le Mammouth Bleu.

Je revins à la maison du lac. Je trouvai la mammouthe seule.

— J'ai décidé Geneviève, lui dis-je.

— Vous partez !

— Dans deux jours.

— Ainsi vous abandonnez sans regrets l'Ohim, vos chances de libération, la douce tranquillité définitive de votre vie ! Vous nous abandonnez, nous qui étions devenus vos amis !

Je m'excusai doucement :

— Je ne puis que vous dire une chose, madame, une chose que vous ne comprendrez pas, malheureusement… je l'aime !

Les oreilles de la mammouthe claquèrent d'une manière désordonnée.

Ce fut une explosion brutale et inattendue :

— Et savez-vous vraiment si je ne puis comprendre, se récria-t-elle ? Savez-vous si le spectacle de votre passion étrange n'a pas fini de réveiller en moi des sentiments endormis et que je croyais perdus ? Ah ! Comme il doit être doux d'aimer… et comme je voudrais…

J'étais surpris de l'éveil soudain d'un pareil désir. Une vague de passion menaçait de ruiner le patient colmatage de sagesse et de paix que des siècles d'Ohim avaient édifiés autour de cette âme tourmentée.

Je ne savais comment calmer cette inquiétude...

— Je suis infiniment troublée, reprit la mammouthe. Je regrette, oui, je regrette une chose que je ne conçois pas, mais dont je sens au fond de moi-même l'emprise douloureuse.

Elle se rapprocha de moi.

— André (c'était la première fois qu'elle m'appelait ainsi), je voudrais que tu me dises…

Elle me caressait doucement de sa trompe. Je commençais à m'inquiéter de la façon dont se terminerait cette aventure.

A ce moment, j'entendis un bruit de voix à l'extérieur. C'était Eloh qui rentrait avec Ayné-Khan. La mammouthe s'écarta de moi. Ayné-Khan soulevait déjà le rideau.

Je m'avançai vers lui.

— Nous quittons votre empire, lui dis-je. Geneviève s'est enfin laissé convaincre.

— Il faut avertir le Mammouth Bleu.

Il me proposa de me conduire à Yalna pour faire mes adieux aux savants du Dhôme. J'acceptai. Je pris congé de la mammouthe, puis nos partîmes à travers les champs d'arahé.

Je restai plusieurs heures à Yalna à causer avec les mammouths. Yérémi-Khan m'exprima ses regrets et tous ses vœux. Le Roi du Monde n'était pas visible, mais il avait donné des ordres à Kjerdi. Il fut convenu que le vieux mammouth passerait nous prendre, Geneviève et moi, chez Ayné-Khan.

Les mammouths me retinrent longtemps, et il était fort tard lorsque je pus rejoindre le palais d'Ibrida.

*
* *

— Hâtons-nous. Il ne faut pas faire attendre Kjerdi.

Geneviève jetait autour d'elle des regards désespérés. Au dernier moment elle avait été prise d'une révolte subite. Elle ne voulait plus me suivre, et j'avais eu beaucoup de peine à la reconquérir.

Oucha s'empressait autour de nous, inquiet. Il comprenait qu'un événement anormal se préparait, un événement que son maître ignorait. Sur le conseil de Geneviève, Ibrida était allé inspecter un lointain village qui avait dépendu jadis de Pokmé. Quand rentrerait-il ? Trop tard sans doute pour éclaircir le mystère qu'Oucha sentait monter, redoutable, autour de lui.

Avant de quitter le palais, Geneviève se rapprocha du vieux serviteur.

— Tu diras à ton maître, fit-elle, que je n'ai pas voulu cela… que je ne sais pas encore si je le veux… Tu expliqueras qu'il n'y a pas de ma faute. Mais je ne pouvais plus résister… je ne pouvais plus !

Oucha tremblait sur ses quatre pieds. Sa respiration était haletante.

— Tu m'as toujours bien servi, Oucha, fit encore Geneviève. Je me souviendrai de toi.

— Viens donc, protestai-je. Était-il bien nécessaire… ?

Geneviève me lança un regard chargé d'un tel courroux, que je n'osai continuer.

Nous quittâmes enfin le palais. Eloh était venu à notre rencontre. Il nous prit tous deux sur son cou, et nous conduisit à la maison du lac.

Kjerdi préparait le départ.

Geneviève, le front barré d'un pli amer, ne prononçait pas une parole.

— Réfléchissez encore, nous dit Ayné-Khan. Renoncez à cette folie.

La mammouthe jetait sur ma fiancée des regards hostiles. Elle réussit à m'entraîner un peu à l'écart. Alors elle se pencha vers moi et, me montrant Geneviève :

— Elle te trahira ! souffla-t-elle d'une voix rauque.

Ayné-Khan nous confia que la mammouthe allait entrer pour quelque temps au Dhôme.

— Mon vœu le plus cher, nous dit-il, aurait été de vous voir prendre cette route. L'Oubli vous attendait là-bas, le Grand Oubli. Alors tout serait fini, et rien n'aurait jamais été !

Geneviève ne répondit que par un silence méprisant.

Ayné-Khan comprit que toute tentative serait inutile.

— Je rentrerai donc seule à Yalna, fit la mammouthe attristée. J'avais cru… oui, j'avais espéré…

Sa pensée errait, désorientée, au milieu de sentiments inconnus qu'elle percevait confusément comme des forces mystérieuses.

— Il faut partir, déclara Kjerdi.

Je fis mes adieux à Ayné-Khan. La mammouthe me tendit sa trompe. Mais elle semblait absorbée par des pensées lointaines. Elle se tenait immobile, presque indifférente, comme écrasée par une déroutante révélation.

Eloh se montrait inquiet.

— Angela s'en va ? demanda-t-il.

— Oui, elle part.

— Et je ne la reverrai plus ?

— Peut-être.

Alors le jeune mammouth se mit à pousser des cris déchirants.

— Il n'est que temps d'envoyer cet enfant au Dhôme, dit Ayné-Khan.

— Nous partirons ensemble. Viens, Eloh, soupira la mammouthe.

Geneviève fit un mouvement comme si elle voulait se rapprocher du jeune mammouth, mais Mme Ayné-Khan s'interposa, le regard haineux.

Elle passa devant moi sans détourner la tête, sans me jeter un adieu, et, poussant Eloh devant elle, dédaigneuse et distante, la mammouthe disparut derrière le rideau.

Kjerdi nous hissa sur son cou. Je remerciai Ayné-Khan une dernière fois. Je l'assurai que je n'oublierais jamais la maison du lac et les bonnes amitiés laissées en Euscarie.

Geneviève, les yeux fixes, regardait droit devant elle, par-dessus le crâne de Kjerdi. La trompe d'Ayné-Khan oscillait lentement, et ses oreilles avaient de petites secousses émues. Il me dit encore quelques mots d'adieu. Je fis un signe à Kjerdi et le vieux serviteur de Khan-Aren-Khan nous entraîna de sa marche souple et silencieuse vers les rives du lac Beltal.

*
* *

Après avoir contourné le lac, Kjerdi s'engagea dans une vallée que nous suivîmes pendant plusieurs heures. Il s'arrêta un moment pour arracher avec sa trompe quelques plantes d'arahé. Il en broya les tubercules et nous en offrit le lait. Puis nous repartîmes.

Une grande ville de cubes apparut dans le lointain, mais le vieux mammouth prit alors une route qui nous plongea de nouveau en pleine campagne.

Vers le soir, nous étions engagés dans un défilé encombré de gros blocs de rochers. Le ciel, ou du moins ce qui tenait lieu ici de ciel, semblait s'être abaissé. Bientôt apparurent, au-dessus de nous, des voûtes rocheuses qui se rapprochaient de plus en plus. Kjerdi s'arrêta un instant, et sembla s'orienter sur certains repères connus de lui. De sa trompe, il accrocha enfin un gros bloc de granit, le renversa, et dégagea l'ouverture d'une caverne. Une galerie remontait à l'intérieur du sol.

Dans une anfractuosité de la falaise, Kjerdi prit un cristal d'argain qui dégageait une phosphorescence bleuâtre.

— Voici pour vous conduire, dit-il. Ce cristal suffirai à éclairer la grotte pendant plusieurs années.

Puis, nous tendant un papier sur lequel une signalisation était marquée :

— Le Mammouth Bleu m'a chargé de vous remettre le plan de la grotte. Vous ne pourrez ainsi vous égarer dans les galeries. Vous arriverez bientôt à un véritable labyrinthe dont vous ne sortiriez pas sans ces indications.

Je remerciai Kjerdi.

— Vous devez savoir, reprit-il, que, dans deux mois, c'est-à-dire le 30 août de votre calendrier, à ce qu'ont calculé les savants de Yalna, je dois revenir ici, prêt à vous ouvrir les portes de notre empire souterrain si vous en manifestez le désir.

— Le Roi du Monde m'a fait part de ce projet.

— Pour moi, ajouta Kjerdi, je ne suis qu'un vieux, un très vieux mammouth dépourvu de toute science et de toute raison inutile. J'appartiens corps et âme au Mammouth Bleu. Je ne puis rien donner de moi-même, mais je veux cependant faire quelque chose pour vous. Je rentre me reposer à la ville que vous avez aperçue derrière la colline. En partant, je laisserai le passage ouvert comme il est maintenant. Je reviendrai plus tard pousser la porte de rocher. Mais, jusqu'à mon retour, vous garderez ainsi la possibilité de rentrer en Euscarie, au cas où un dernier regret aurait raison de votre obstination.

Je remerciai le vieux mammouth de la pensée charitable qui le poussait à nous faire cette offre, mais je l'assurai que nous n'en profiterions pas.

Kjerdi ne voulut cependant pas renoncer à son idée. Laissant ouverte la porte de rocher, il nous salua de la trompe, et s'éloigna dans la direction de la ville.

Je restais seul avec Geneviève à l'entrée de la grotte.

Je sentais combien je devais surveiller mes paroles. A cette heure où ma fiancée contemplait pour la dernière fois ce monde souterrain, son esprit se révoltait contre l'abandon, qu'elle avait fait entre mes mains, de toute volonté.

Certes elle ne laissait derrière elle aucun élément de surprise. L'avenir aurait été monotone et infiniment triste, dans cette ville morte de Pokmé, dans ce palais en ruines où s'éteindrait un jour le dernier Centaure. Quant aux mammouths, l'Ohim les rendait indifférents à toute emprise féminine. Eloh, le seul qui aurait pu se laisser dominer, allait entrer au Dhôme.

Le monde souterrain ne représentait donc pour Geneviève qu'un monde où l'Aventure semblait morte. Mais le monde que j'allais lui offrir maintenant était lui aussi, et bien davantage, dépourvu d'attraits. De ce côté, elle ne pouvait même pas se permettre l'espoir d'une illusion. Elle savait ce qui l'attendait : Laguessac, le château où elle s'était tant ennuyée... et puis enfin moi, mon amour, mon éternel et monotone amour, auquel il faudrait fini par céder.

Elle fixait la lumière bleue d'un regard désespéré.

Et j'eus peur soudain de la voir m'échapper encore, et se dégager du filet sournois dans lequel j'avais enserré sa pensée.

Je mis la main sur son épaule :

— Geneviève !

Elle leva les yeux vers moi. Je crus lire dans son regard une hostilité redoutable, presque de la haine !

— Geneviève ! fis-je encore.

Elle eut un geste de lassitude. Elle semblait abandonner un dernier et impossible espoir.

— Allons, il est trop tard maintenant ! fit-elle. Partons !

Je pris le cristal lumineux et nous nous engageâmes dans le souterrain. Il s'élevait en pente très forte. Nous avancions silencieux.

La galerie se divisa bientôt en des galeries secondaires. Je me servis du plan pour sortir de ces méandres.

Geneviève me suivait comme une victime conduite au sacrifice et résignée à son destin. Elle semblait avoir abdiqué toute volonté.

Le boyau se déroulait toujours devant nous en montée continue. A plusieurs reprises, nous dûmes faire de courtes haltes pour reprendre des forces. Geneviève s'allongeait alors sur le sol. Immobile, le regard perdu, elle ne prononçait pas une parole.

Après deux pénibles heures de marche, nous étions arrivés, d'après le plan, à mi-chemin du Monde Extérieur. La pente était devenue moins abrupte et le boyau déboucha bientôt dans une grande salle au milieu de laquelle Geneviève s'arrêta, lasse et découragée.

Je me rapprochai d'elle. Je me sentais pris de pitié devant son désarroi.

— Il faudra oublier, Geneviève, lui dis-je. Nous ne pouvions plus vivre cette vie. Nous serons si heureux maintenant. Le passé ne sera que le souvenir d'un mauvais rêve.

Elle détourna la tête sans répondre.

A quoi songeait-elle ?... Je sentais que je ne l'avais pas encore reconquise !

A ce moment, j'entendis dans le lointain, et comme étouffé par l'écho, un bruit... c'était cela, oui... un bruit de galop effréné et qui semblait à chaque seconde se rapprocher de nous.

Geneviève s'était redressée, attentive. J'étais devenu très pâle.

Une lumière parut au fond du boyau, avançant, avançant très vite... Le bruit de galop déferlait maintenant vers nous comme un bruit de tonnerre... Et soudain, lancé à toute allure, malgré la pente de la galerie, Ibrida, le monstre, déboucha dans la salle où nous étions arrêtés.

Il se dirigea vers nous et, freinant des quatre pieds, s'arrêta en glissant sur la glaise.

— Ibrida ! cria Geneviève.

Elle était debout, vibrante, mais ne s'écartait cependant pas de moi.

Les yeux du monstre étincelaient. Mais de voir Geneviève immobile et qui restait à mes côtés, un immense découragement s'empara soudain du Centaure.

Oucha l'avait averti sans doute. Ibrida avait retrouvé notre trace. Profitant de la déplorable idée de Kjerdi, il avait pu s'engager à son tour dans le souterrain. Affolé, il s'était lancé à la poursuite de son rêve. Il retrouvait enfin cette femme qui l'avait si fort assujetti... Il la retrouvait avec moi !

Il me fixait de son regard anxieux. Puis il jeta un regard découragé sur son corps monstrueux, sur ses sabots, ses paturons et sa croupe onduleuse...

Et, dans le silence de la caverne, Ibrida baissa la tête, désespéré. Sans une récrimination, sans un reproche... il pleura !

Alors j'assistai à un spectacle horrible.

Lentement, Geneviève s'était séparée de moi. D'un pas presque insensible, d'un pas qui glissait sur l'argile, elle abandonnait l'homme que j'étais et s'avançait vers la Bête.

Je tendis les bras pour la retenir, mais elle était comme folle, hallucinée. Elle ne me voyait pas. Elle ne voyait que lui, le prince déchu, mais toujours fidèle, le prince monstrueux et magnifique dont j'avais voulu la séparer.

Car il était beau, le malheureux, il était beau dans sa monstruosité cruelle. Je ne savais que trop combien ce corps étrange, mais splendide, avait de noblesse et de charme.

Il était beau... et Geneviève le savait ! Elle s'était laissé prendre à mes réflexions ironiques, à ces artifices que j'avais déployés avec une fourberie effrayante, mais il était là maintenant devant nous, tout en muscles tout en souplesse, magnifique d'ardeur et de désespérance.

Il était beau... et, de l'autre côté, au bout de notre fuite, il y avait la pauvre vie monotone que Geneviève avait déjà vécue. Il y avait Millau, Laguessac... et moi enfin... moi !

Comme un automate, le regard perdu, Geneviève avançait vers le Centaure. Elle arrivait tout près de lui...

Alors Ibrida ouvrit les bras, et j'assistai, désespéré, à cet enlacement monstrueux. Geneviève était sur la poitrine du Centaure, et c'était elle maintenant qui sanglotait, éperdue.

— Geneviève ! appelai-je, Geneviève !

Ses instincts secrets de femme se réveillèrent. Sa vie intérieure eut une dernière révolte contre le triomphe de la Bête. Elle essaya un moment de se dégager.

Ibrida poussa un gémissement plaintif.

Alors elle s'abandonna ! Elle glissa dans les bras du Centaure. Et je vis la bouche de la Bête qui cherchait ses lèvres... et les lèvres qui se donnaient, pâmées !...

— Ne pleure pas, Ibrida. Je t'aime !

Elle l'aimait !... J'étais anéanti, foudroyé par cette idée que j'avais toujours réussi à fuir, et qui maintenant m'écrasait de son horrible évidence !

Le Centaure se redressa enfin, fou de bonheur, triomphant. Tout contre ce torse splendide, Geneviève s'abandonnait. Ses paupières étaient retombées comme des voiles sur son âme. Elle ne percevait rien du monde extérieur. Le rêve l'avait reprise et des mirages fous développaient devant elle leur magique féerie.

— Partons ! Revenons à Pokmé ! soupira-t-elle.

Cette fois, Ibrida se sentit le maître. Regardant autour de lui, il perçut à nouveau ma présence.

— Et lui ? demanda-t-il.

— Lui ! répondit-elle dédaigneuse. Lui ! CE N'EST RIEN ! Je t'aime ! On m'avait trompée !

Sans me jeter un regard, sans m'adresser une parole, elle monta en croupe du Centaure.

— Revenons à Pokmé, dit-elle. Revenons vite !

Stupéfait de ce rapide triomphe, Ibrida restait immobile. Son regard s'était posé sur moi... Et, dans ce regard... oui, dans le regard de ce monstre,... je sentis pour moi de la pitié !

De la pitié !

Alors, comme un fou, je partis, je m'enfonçai plus profond dans la grotte, désespérément résolu à remonter à la lumière, à me libérer, à m'évader de cette vision effrayante.

Je partis. Un peu plus loin, la galerie faisait un coude brusque, pour s'engager dans une direction nouvelle.

A ce moment, malgré moi, ma folle passion m'arrêta encore. Je me retournai un instant.

Ce fut la dernière image que j'eus de celle que j'avais tant aimée.

Au milieu de la grotte, à cheval sur la croupe du Centaure, Geneviève me regardait partir. Elle regardait cet être de sa race, le seul en qui elle pouvait espérer encore, s'éloigner et disparaître.

Et, cependant, elle n'appela pas. Immobile, hiératique presque, elle voyait le passé s'écarter à jamais sur un chemin sans retour ! Et ce passé ne réveillait en son âme aucune envie, aucun désir.

Alors, affolé, mes pensées en tempête, ce fut moi qui poussai un cri de bête, un cri de désespoir et de folie.

Me détournant de ce tableau monstrueux, brisé de douleur et de rage, je courus devant moi, au hasard, sans savoir, n'importe où !

Comment arrivai-je à Fauzan ?

Je ne sais. Je marchais en plein délire. Par instants, dans une révolte subite, je me jurais d'oublier Geneviève, de refaire ma vie sur de nouvelles bases. Alors je consultais le plan que m'avait donné le Roi du Monde. Je rectifiais ma route. J'avançais.

Puis, dans une crise de découragement, je me laissais aller à terre, accablé, ne me souciant même plus de vivre.

Les mineurs de Fauzan me recueillirent exténué. Ils ne savaient pas d'où venait cet homme qui semblait sortir des entrailles de la terre. Ils me prirent pour un touriste égaré dans les galeries et devenu à moitié fou.

On me conduisit à l'entrée de la grotte. Je n'avais conscience de rien. Je marchais comme un automate… Soudain j'aperçus devant moi une étrange lumière. Je me précipitai… Le soleil ! C'était le soleil ! J'ouvrais mes yeux émerveillés… Puis ce fut le ciel ! Un vrai ciel ! Un ciel translucide, immensément clair, immensément bleu !

Et c'était aussi devant moi, maintenant, une grande pancarte :

SOCIÉTÉ DES ENGRAIS PHOSPHATÉS.
MINES DE FAUZAN.

Fauzan ! Aucun doute n'était possible ! Fauzan ! Les phosphates ! Les Mammouths Maudits ! L'ossuaire ! L'immense ossuaire !…

Et, tout de suite, cette pensée terrible : j'avais perdu Geneviève ! Je l'avais perdue à jamais !

Alors je désespérai, et, sans vouloir rien entendre, je m'enfuis en hurlant sur le Causse !

Je marchai longtemps au hasard. J'allai droit devant moi. Les ajoncs, les pierrailles, les genêts épineux, rien n'arrêtait cette course sans but.

Puis la fatigue vint. Je m'adossai à un mur de pierres sèches. Ma respiration était haletante. Une sueur froide coulait sur mes tempes.

Soudain je remarquai que la lumière était moins vive. Inquiet, je regardai la voûte céleste. A l'horizon, le soleil disparaissait derrière de gros nuages rouges. Et je me souvins… Le soleil, oui, le soleil qui se couchait tous les soirs… et la nuit qui allait venir sans doute…

Le soleil avait disparu maintenant. Il y avait, à l'horizon, une nappe d'or fondu qui s'éteignait peu à peu. Un calme étrange s'épandait sur la campagne. Des étoiles s'allumèrent dans le ciel… Et je regardais, comme un homme ivre, ces feux lointains qui semblaient les âmes palpitantes de la nuit.

Alors je m'allongeai sur l'herbe rare et je m'endormis.

*
* *

La rosée du matin me réveilla. Je vis le soleil se lever sur la plaine. Des oiseaux passaient, volant très bas. Je regardais avec curiosité ces phénomènes nouveaux dont le Monde Souterrain m'avait fait oublier l'image.

Puis une lassitude m'envahit. J'éprouvai une étrange sensation de vide. Je cherchai un moment autour de moi, comme attendant la venue d'une chose que je ne désirais pas, et qui m'était cependant nécessaire. J'hésitai encore… Puis je compris… j'avais faim !

Un ravin s'ouvrait devant moi. Je pris un sentier qui descendait vers le ruisseau. Après une longue marche, j'arrivai dans une vallée plus large. Je m'arrêtai un moment à la vue d'un village qui se profilait sur un éperon rocheux.

Le bruit d'un pas qui venait derrière moi me fit retourner. Un homme avançait dans le sentier. Il était vêtu d'un pare-poussière gris qu'il avait relevé pour ne pas l'accrocher aux buissons. Il me parla. C'était un médecin de campagne. Il venait de passer la nuit dans une ferme auprès d'une pauvre femme. Ému de ma détresse, le docteur Baude me proposa de le suivre jusqu'au village de Minerve où se trouvait sa demeure.

Je restai huit jours dans ce petit village, huit jours passés dans un morne désespoir.

Le docteur Baude était bon et grave. Il vivait seul dans une vieille maison féodale. Je lui dis mon nom. Le hasard fit qu'il s'était intéressé à mes travaux. A ses moments perdus, il s'occupait de géologie et de préhistoire. Il comprit que j'étais sous le coup d'une détresse immense. Il ne m'interrogea pas, se bornant à m'offrir l'hospitalité la plus large.

Je n'osai lui faire le triste récit de mon malheur. Une pudeur secrète m'empêchait de parler. Je lui dis que, par suite d'une grande déception dans ma vie privée, j'étais décidé à me retirer du monde. Je feignis d'être venu dans ce but sur le causse de Minerve, où je pensais trouver quelque ferme écartée propice à mes projets d'isolement.

A peine eus-je donné cette explication que je me sentis séduit par ce projet de retraite. Mais je compris aussi que cette idée d'apparence nouvelle avait déjà travaillé au fond de moi-même. Une seule perspective pouvait me retenir sur ce causse désolé : le voisinage de Fauzan ! C'était le Souvenir qui ne voulait pas se laisser proscrire. La grotte de Fauzan représentait le passage par lequel, à la date que m'avait fixée le Roi du Monde, je pouvais encore… Revenir ! Oui !

J'en étais là !... Revenir !... Ma "dernière chance", avait dit le Mammouth Bleu !

Ah ! ma "dernière chance" ! Etait-ce bien pour me réfugier chez le Roi du Monde que j'envisageais ce retour... ? A peine m'étais-je libéré... et déjà au fond de moi-même...

Ainsi le souvenir de Geneviève travaillait en moi, tenace, opiniâtre. Toute lutte était inutile. Plus forte que ma raison, plus forte que ma honte, l'attraction inéluctable jouait toujours !

Le docteur Baude comprenait qu'un drame se jouait dans mon esprit troublé. Quand je considérais sa vie dans cet humble village, je pensais que lui aussi ne s'était peut-être pas retiré sans raison dans ce poste déshérité. Mais il avait ses occupations professionnelles, il s'était créé des devoirs nouveaux. Il possédait aussi sans doute une raison autrement charpentée que la mienne. Et de ses malheurs, s'il en avait eu jadis, il ne lui restait maintenant qu'une grande pitié.

Il ne chercha pas à lutter contre mes projets d'isolement. Par expérience personnelle, il pensait peut-être que le calme et la solitude seraient un baume pour mon âme.

Il savait que, dans les Hautes Corbières, l'ermitage de Galamus était depuis longtemps désert. Je n'aurais pas accepté un lieu de retraite trop lointain, mais Galamus se trouvait à quelques journées de marche de Minerve. L'ermitage était un bien communal. Le docteur Baude écrivit au maire de Saint-Paul-de-Fenouillet. D'autre part, il intervint personnellement à l'évêché.

Au bout de quelques jours, je reçus les autorisations nécessaires.

*
* *

Et je suis ici maintenant seul ! Seul !

Seul ! Pas tout à fait, car quelqu'un d'autre connaît ma peine. Le maire de Saint-Paul m'avait adressé au curé de Cubières qui gardait la clef de l'ermitage. Dans ce presbytère de montagne, j'eus un accès de terrible désespoir. Ne pouvant plus vivre seul avec mes pensées, je racontai mon histoire au prêtre, je me confessai à lui...

Dans cette confession, mon amour éclata tellement fort, tellement farouche, que l'abbé Laugé n'osa pas m'absoudre.

— Il faudra beaucoup prier, me dit-il.

— Prier ! Oui ! Mais pardonner, oublier, je ne le pourrai jamais !

J'ai voulu suivre le conseil du prêtre. Dans la sauvage solitude de Galamus, sous le poids de ces falaises implacables, je me suis humilié devant Dieu, j'ai prié... Et je me suis bientôt lassé... Je sens combien sont inutiles ces tentatives qui veulent s'attaquer à mon inguérissable amour. Au fond de moi-même, une volonté tenace rit de mes efforts et attend patiemment son heure.

Elle attend… Et la date fatidique éclate en caractères de feu !… Je sais ! A quoi bon lutter ! Il faudra être vaincu tout de même ! Il faudra céder, revenir là-bas !

Pourquoi résisterai-je d'ailleurs ? Le Mammouth Bleu ne m'a-t-il pas promis l'Oubli, et n'ai-je pas le droit…

L'Oubli ! J'ai dit cela au prêtre. Je pensais qu'il ne croirait pas à mon aventure, qu'il s'attarderait à des objections. Mais il n'a pas protesté. Il a seulement jeté sur moi un regard de pitié !

Et je le sais bien, pardieu ! Pourquoi me dissimulerais-je la vérité ! L'Oubli ! Ce n'est pas cela que je cherche, que j'irai chercher là-bas ! Ce que je veux, avant tout, c'est la revoir ! A tout prix ! Cela, il le faut ! Il le faut ! — Même si… ? Oui, même si je dois souffrir, même si je dois supporter cette honte. Cette honte ! Ne l'ai-je pas soufferte déjà ! — Elle sera plus désolante encore. — Plus désolante ? Pourquoi ? N'ai-je pas connu le fond de ce calice ? N'ai-je pas bu le trouble amer de ce breuvage ! — Mais peut-être maintenant, peut-être ne voudra-t-elle plus de toi. — Elle ne pourra pas me supprimer, m'anéantir. Je serai son esclave, s'il le faut, LEUR ESCLAVE ! — Et si elle t'impose…

Ici plusieurs feuilles du cahier étaient déchirées. Sur les pages qui suivent, on ne trouve que des notes sans suite.

La sagesse du Mammouth Bleu ! La Grande Paix
Oublier ! oublier !…

……………………………..…………………………………………..

"ALORS TOUT SERAIT FINI ET PLUS RIEN N'AURAIT JAMAIS ÉTÉ…"
Trop tard ! Il est trop tard !… Il aurait fallu n'avoir jamais aimé… avant !

……………………………...…………………………………………..

Ce soir, j'étais monté jusqu'à l'oratoire, et là je contemplais les montagnes lointaines qui, de tous côtés, bordent l'horizon. Enserrées dans ces murailles immuables, les vallées disparaissaient dans la brume. Au-dessus de cette morne grisaille, les neiges du Canigou brillaient d'un éclat immatériel, et semblaient porter jusqu'à notre monde les appels troublants d'une autre sphère…

Et je sentais, en moi, monter un autre appel, un appel qui deviendra inéluctable un jour, et qui domine lui aussi et de bien haut le cadre étroit des lois humaines...

……………………………..…………………………………………..

Le 30 août bientôt ! La date fatidique approche ! Il faudra décider. Revenir !

La grotte de Fauzan, le chemin des galeries, la porte de rocher, et puis…

……………………………………...……………………………………..

L'Oubli ! Ne plus aimer ! Comme cette pensée est lâche ! Ah ! Qu'importe souffrir ! Mais aimer ! Aimer toujours !… Quand même !…

……………………………………………………………………………

Je songe parfois aux solitaires qui vécurent jadis à l'ermitage. D'où venaient-ils ? Quels furent leurs malheurs et leur détresse ? Ils sont morts, et d'eux je ne sais rien. Celui qui viendra un jour, ici, après moi, se demandera lui aussi peut-être : qui était cet homme ? Qu'avait-il fait ? Qu'avait-il souffert ? Et lui aussi ne saura rien… Rien !… Nous sommes des isolés errants dans les ténèbres... Et les ténèbres, un jour, s'abattent sur nous et nous emportent… Rien!… Alors pourquoi hésiter !… Avoir honte ?… Et de quoi ?… N'est-ce pas assez que de vivre !

……………………...……………………………………………………..

Aujourd'hui des nuages bas murent le ciel, et, dans cette gorge lugubre, je traîne comme au fond d'un tombeau… Je me sens écrasé… Partir !… Partir !…

……………………………...……………………………………………..

Et c'est demain le jour convenu ! LA DERNIÈRE CHANCE !...

……...…………………………………….……………………………..

Le manuscrit de frère Anselme s'arrêtait là.

Luc Alberny

TROISIÈME PARTIE :

PUISQU'IL L'AIMAIT

Au mois de septembre 1923, nous étions réunis dans mon cabinet, Jarain, le juge Etchepare, l'abbé Laugé et moi.

Etchepare avait un visage amaigri, une barbe broussailleuse. Son sourcil droit était coupé par une cicatrice mal fermée.

Cet aspect piteux avait une excuse : Etchepare venait de consacrer ses vacances à explorer les avens des Causses. Le désir de pénétrer dans les États du Mammouth Bleu et d'aller y étudier les variations de la langue euscarienne avait provoqué cette passion tardive pour la spéléologie. Au début de l'été, Etchepare m'avait demandé de le mettre en relations avec Jarain. Par correspondance, il avait réussi à entraîner ce dernier, en lui faisant valoir l'intérêt que pouvait présenter l'étude du système souterrain des Causses.

Après avoir passé un mois dans la région de Millau, Etchepare et Jarain venaient de terminer leurs dangereuses randonnées par l'exploration de Fauzan. Ils m'avaient annoncé leur arrivée. J'avais aussitôt écrit à l'abbé Laugé. Telles étaient les circonstances qui nous réunissaient en cette fin de vacances à Perpignan.

La spéléologie avait conquis Etchepare. Le juge était en pleine exaltation.

— Que de problèmes passionnants ! nous disait-il. Que de questions à résoudre ! Avec un peu de chance, nous allions à de formidables découvertes.

— Ce peu de chance nous a manqué, expliqua Jarain. Nous avons exploré à fond Dargilan et les grottes de Maubert. Nous venons de passer quinze jours à Fauzan. Par aucune de ces voies, nous n'avons pu rejoindre l'empire du Mammouth Bleu.

— Nous chercherons mieux une autre fois ! fit Etchepare.

Je montrai du doigt l'arcade sourcilière fendue :

— Et ceci ? demandai-je.

— Une mésaventure sur le causse de Maubert. Nous étions à bout de corde dans une fissure. Un rocher se détacha au-dessus de nos têtes… La spéléologie n'est pas une science de tout repos. Mais quelles perspectives !… Et comment ne pas courir certains risques !… Songez !… Les origines de la langue euscarienne expliquées d'un coup !… Et cette immense Euscarie souterraine…

J'interrompis ce dithyrambe pour réclamer quelques précisions :

— Nous serions heureux, M. l'abbé Laugé et moi, de connaître le détail de vos recherches. Puisque vous parlez de Maubert…

— Maubert, répondit Jarain, ne nous a laissé que de mauvais souvenirs. Malgré des explorations difficiles et souvent dangereuses, nos recherches pour trouver la grotte dont parle Vernon sont restées sans résultat.

— L'histoire du vieux berger n'a cependant pas été inventée de toutes pièces.

— Sans aucun doute. Mais le Causse noir est creusé d'innombrables cavernes. Dans les environs de Maubert, le plateau est entièrement crevassé. Les rochers ruiniformes et les grottes abondent. Le récit de Vernon semble établir que le vieux berger le conduisit à cinq kilomètres environ du hameau, mais Vernon ne dit pas dans quelle direction. Il faut avoir parcouru ce labyrinthe de roches et de broussailles, pour se rendre compte de la difficulté que présentent des recherches basées sur des renseignements aussi imprécis.

— Vous n'avez trouvé aucune caverne, aucune faille qui vous parût digne d'être explorée ?

— Nous en avons trouvé beaucoup trop au contraire, mais nous n'avons rien rencontré qui parût correspondre au récit de Vernon.

— Et vous concluez ?

— Je ne sais que conclure. Nous n'avons pas trouvé, voilà !

— Nous reviendrons à Maubert, fit Etchepare. C'est par là que nous aboutirons. Il suffit de découvrir la grotte. Ensuite, avec un bateau de toile...

— …oui, vous n'arriverez peut-être pas en Euscarie, mais on ne vous reverra plus à Perpignan.

— Chacun suit sa destinée !

— Et les habitants de Maubert, que pensaient-ils de ces événements ?

— Ils ne pensaient pas grand'chose. Nous avons visité la ferme qu'habitait Vernon. Les paysans se souviennent fort bien de lui. On savait que Vernon était un "savant", c'est-à-dire, comme on nous a expliqué là-bas, un de ces êtres dont la conduite est imprévisible. Le jour de sa disparition, on ignorait que Vernon fût parti en exploration souterraine. Ne le voyant pas revenir, les paysans crurent qu'il était redescendu dans la vallée, et personne ne s'est occupé de lui.

— Mais le vieux berger ?

— On ne semble pas s'en être inquiété davantage. La vie est dure sur le Causse, et la pitié n'y tient guère de place. On a cru que le malheureux était tombé dans quelque trou. Il était vieux. Une bouche de moins à nourrir pour l'hiver. Et puis, ce que l'on a pensé au juste, il est difficile de le savoir. Les Caussenards n'aiment pas que des étrangers viennent s'occuper de leurs histoires. Quoiqu'il en soit, après quinze jours de recherches nous n'avions rien découvert. Nous aurions peut-être insisté, mais nous pensions être plus heureux à Dargilan. De ce côté, la situation n'était pas la même : le cahier de frère Anselme donnait sur cette grotte quelques détails précis.

— La Galerie Carrée, c'est cela qui vous intriguait ?

— D'autant plus, expliqua Jarain, que cette Galerie Carrée est bien connue, non pas des touristes, mais des explorateurs de la grotte. Le passage aboutit à un gouffre : le "Puits de la Falaise", considéré comme très dangereux. L'impression immédiate est que ce gouffre représente l'endroit où se déroula le drame.

"En étudiant la question de près, le problème n'est pas aussi simple. Le Puits de la Falaise a été, en effet, exploré. Nous y sommes d'ailleurs descendus nous-mêmes. Ce puits donne accès à quatre grandes salles. La dernière, dénommée "Salle du Balcon", finit en cul-de-sac dans une fissure que nous avons trouvée obstruée par des dépôts d'argile. Il était impossible d'aller plus loin.

— Nous aurions dû creuser, enlever ce limon, déclara Etchepare. Le dépôt d'argile pouvait être récent.

— Vous êtes incorrigible, Etchepare, fit Jarain. Avec l'aide de qui aurions-nous creusé ? Vous ne vous illusionnez plus, je l'espère, sur l'empressement que l'on peut attendre des gardiens de la grotte !

— Pour cela !… Nous nous sommes heurtés à une hostilité inexplicable. A la nouvelle que c'était la disparition de Mlle Arneguy qui motivait nos recherches, les gardiens ont refusé de nous accompagner.

— Avouez, fit remarquer Jarain, que cette jeune fille n'a pas laissé un souvenir sympathique chez les gens du pays.

— J'espère que vous n'avez accordé aucun crédit à ces racontars stupides, protesta Etchepare. La conduite de Mlle Arneguy n'a jamais justifié de pareilles critiques.

— Comment ! me récriai-je. Le récit de Vernon ne suffit pas à vous convaincre !

— Vernon était un esprit scientifique, répondit Etchepare. C'est à juste titre que les Basques sont fiers de lui. Mais il est permis de concevoir que les sciences géologiques puissent ne pas intéresser une jeune fille. Pour Geneviève Arneguy, il valait peut-être mieux…

— …oui, un peintre comme Darley, répliquai-je ! Décidément… !

Etchepare était furieux.

— Laissons cette question, me dit-il. Vous me désobligeriez. Le caractère indépendant de Mlle Arneguy a motivé des interprétations défavorables, mais je ne puis oublier que, tout comme Vernon, cette jeune fille est d'origine basque, et apparentée, elle aussi, aux Irizarte d'Ustaritz !

"Dans l'affaire Darley, Vernon a certainement eu des torts. Il les avoue d'ailleurs. Geneviève Arneguy ne l'aimait pas. Elle avait eu l'extrême loyauté de l'en avertir.

— Soit ! Laissons l'affaire Darley ! Mais le centaure, le roi de Pokmé, Ibrida enfin !

Etchepare parut profondément surpris.

— Le Centaure ! fit-il. Que voulez-vous dire ?

— Evitez-moi des précisions inutiles. Au point de vue moralité, le rapprochement, pour ne pas dire davantage, de Geneviève et de cette bête étrange, ne peut cependant représenter un idéal inattaquable.

— Le point de vue moralité ! se récria Etchepare. Je voudrais bien savoir où vous logeriez ce fameux point de vue, si vous vous trouviez entraîné dans une semblable aventure. A l'arrivée de Vernon, Geneviève vivait depuis deux ans dans le monde souterrain. Elle n'avait aucune raison de penser que son fiancé viendrait l'y chercher, ou même simplement qu'elle reverrait jamais le ciel de nos pays. Dès lors, ce n'était pas l'heure de spéculer sur d'hypothétiques morales. Mlle Arneguy se trouvait seule, aux prises avec des forces inconnues. Entre le Centaure et les Mammouths, il fallait choisir ! Elle a préféré le Centaure. Je ne me sens pas le facile courage de lui reprocher ce choix.

— En somme, cette jeune fille…

— Ne parlons plus d'elle, voulez-vous ?

— Eh bien ! j'aime autant ! fis-je assez vexé.

— Nous ne vous avons d'ailleurs encore rien dit de nos recherches à Fauzan, fit remarquer Jarain.

— C'est cela, dit l'abbé Laugé. Parlez-nous de Fauzan.

— Notre première visite fut là-bas pour le docteur Baude.

— Vous vouliez vérifier…

— …les dernières pages écrites par frère Anselme. Sur ce point, aucun doute n'est possible. Le docteur Baude a recueilli Vernon sur le Causse, à l'époque précisée dans son douloureux récit. Vernon ne lui raconta pas son aventure, mais son attitude accablée disait suffisamment une immense détresse.

"Au cours de nos recherches, continua Jarain, nous avons remarqué que sur de nombreux points le récit de frère Anselme concorde avec des faits aisément vérifiables. Le séjour de Vernon à Maubert, par exemple, doit être considéré comme une certitude. De même pour le retour dans notre Monde Extérieur par les galeries de Fauzan. Le témoignage du docteur Baude n'est pas le seul qui puisse être invoqué. A la grotte même, le chef de chantier se souvient très bien d'un homme qui fut un jour trouvé dans une salle par les mineurs, et qui, aussitôt ramené à la lumière, s'enfuit sur le Causse en proférant des paroles sans suite.

" …Et cependant, à Fauzan pas plus qu'ailleurs, nos patientes explorations ne nous ont pas donné les clefs de la Grande Euscarie !

— Vernon parle d'un plan que lui avait confié le Mammouth Bleu.

— Nous ne disposions pas de ce précieux guide. Réduits à notre seule imagination, nous n'avons pas trouvé la fameuse "porte de rocher".

"La Société des Engrais Phosphatés avait mis à notre disposition des équipes de mineurs qui connaissaient parfaitement la grotte. Ces hommes étaient outillés pour des recherches sérieuses. Nous avons visité les galeries en tous sens. Nous avons même exploré les grottes avoisinantes. Nous sommes à peu près certains d'avoir tout vu… et, encore une fois, notre attention n'a été attirée par rien d'anormal.

— Avez-vous au moins trouvé du mammouth ?

— Ce point est hors de cause, dit Jarain. Le sol de la grotte est formé par les fameux gisements de phosphates, et les parties profondes de ces gisements sont constituées par du mammouth pur. De là à croire que la grotte de Fauzan est l'ossuaire des Mammouths Maudits, il n'y a qu'un pas.

— …que vous semblez cependant hésiter à franchir. L'existence de ce monde souterrain serait-il en contradiction avec les théories scientifiques actuelles ?

— Pas précisément. Les géologues admettent ne rien savoir sur l'état intérieur de notre globe. Mais des phénomènes assez particuliers, comme les anomalies de la pesanteur, laissent supposer l'existence de grands espaces vides sous les chaînes de montagne.

— Voilà ! triompha Etchepare. L'Euscarie ! la Grande Euscarie !

— Les recherches spéléologiques, continua Jarain, n'ont malheureusement pas permis d'atteindre ces grandes cavités. Certaines cavernes ont été explorées jusqu'à des profondeurs considérables. D'autre part, des galeries de mines descendent très bas dans le sous-sol. Aucune de ces voies souterraines n'a offert de débouché sur un monde nouveau.

— Il suffira un jour d'un coup de pioche heureux !

— Je le veux bien. Si je vous ai suivi dans ces recherches, mon cher Etchepare, c'est que, a priori, la thèse de la Grande Euscarie ne paraissait pas absurde. Dans une discussion scientifique, il est un point qui serait admis avec plus de difficulté : ces mammouths qui parlent !… Et qui parlent le basque le plus pur !…

— Le fait peut surprendre des esprits non prévenus, protesta Etchepare, mais nul savant n'ignore que la langue basque est la plus vieille du monde.

— Oui, mais ces mêmes savants hésiteraient peut-être à la faire remonter au temps où les bêtes parlaient.

— Je n'éprouve pour ma part aucun doute, déclara Etchepare. Quant aux relations qui se sont établies entre les premiers Basques et les mammouths, plus j'envisage ces faits, plus je les trouve acceptables. Vous avez remarqué ce que dit Vernon à propos du "mamou". C'est une histoire passionnément intéressante et sur laquelle mes études de linguistique me permettent de donner un avis motivé. A la vérité, j'étais passé jusqu'ici à côté de ce problème sans me douter de son existence ! Mon enfance s'est cependant déroulée en pays basque, et, lorsque je commettais quelque peccadille, je me souviens que ma vieille grand'mère menaçait elle aussi d'appeler le "mamou". Cette bonne aïeule ne pensait pas évoquer ainsi l'Elephas primigenius des temps préhistoriques, mais le récit de frère Anselme éclaire la question. La persistance du mot "mamou" dans la langue euscarienne moderne est actuellement le souvenir des temps troublés vécus par nos ancêtres. Il est aussi la preuve que ces temps troublés ont été réellement vécus.

Qu'objecter à de pareilles théories ? D'ailleurs, aucun de nous ne pensait à mettre en doute le récit de frère Anselme. Pourquoi ce malheureux se serait-il évertué à bâtir cette extraordinaire histoire, si elle ne correspondait à rien de réel ? Comment suspecter une confession aussi douloureuse ? Ce que l'on pouvait vérifier s'accordait en tous points avec le récit de l'ermite. Pour le reste...

— L'échec de nos recherches, reprit Etchepare, s'explique très simplement. Il est probable que les mammouths ont fait disparaître les nouvelles voies qui donnaient accès à leurs États. Instruits par l'aventure de Mlle Arneguy et de Vernon, ils ont voulu éviter l'arrivée possible d'autres étrangers dans la Grande Euscarie.

— Si cela est exact, nous n'aurons jamais la clef du mystère.

Etchepare haussa les épaules.

— Évidemment ! se récria-t-il, nous n'arriverons pas à une certitude... à moins que, pour vous convaincre, le Mammouth Bleu ne débouche un jour dans notre Monde Extérieur, et, suivi des Khans de Yalna, ne vienne apporter aux hommes la Grande Paix !

L'abbé Laugé sursauta :

— Personne ne demande une telle preuve, fit-il remarquer doucement.

— Croyez, monsieur l'abbé, qu'une pareille aventure ne serait pas si regrettable. Nous verrons peut-être pire que la loi de l'Ohim. Mieux vaudrait un solide esclavage que de trop folles libertés.

"Pour ma part, continua-t-il un peu calmé, l'échec de nos recherches représente seulement une impression désagréable, mais qui ne peut en rien modifier ma conviction. De cette conviction, vous savez que j'ai donné une preuve importante, une preuve professionnelle, si je puis m'exprimer ainsi."

Nous comprîmes qu'Etchepare pensait à l'affaire Rudeau. Sur ce point, l'abbé Laugé devait se déclarer satisfait. Après avoir lu le cahier de frère Anselme, Etchepare avait proclamé l'innocence de Rudeau. Dans sa hâte de partir à la recherche de la Grande Euscarie, le juge n'avait pas cru devoir conserver à l'instruction les vols et autres peccadilles qui restaient à l'actif du vagabond. Du jour au lendemain, Rudeau avait été mis en liberté. La question euscarienne avait décidément joué un grand rôle dans l'existence de mon peu sympathique client.

Nous n'avions plus rien à nous apprendre. La conversation tombait. Je réfléchis à ce moment que, dans les pérégrinations de l'ermite, une circonstance paraissait demander quelque explication.

— Ne trouvez-vous pas étonnant, demandai-je, que, lors de son retour vers Fauzan, le passage de frère Anselme n'ait été signalé nulle part entre Galamus et la grotte ?

— Signalé ! se récria Etchepare. Et par qui ?

— Par la gendarmerie. On peut évidemment admettre que Vernon désirait éviter toute curiosité inutile. Il a dû quitter l'ermitage de nuit et gagner Cubières sans être aperçu. Mais ensuite… ?

— Ensuite ? fit Etchepare. Vernon n'avait à traverser que des villages où il n'était pas connu. Après l'arrestation de Rudeau, les gendarmeries furent alertées, mais cela se passait le troisième jour. A ce moment, Vernon était déjà à Fauzan.

— Et pour pénétrer dans la grotte ?

— L'entrée des galeries se trouve dans une vallée quasi déserte. Les habitations des mineurs ont été construites sur le plateau, beaucoup plus loin. En dehors des heures de travail, on peut pénétrer dans la grotte sans attirer l'attention, et sans rencontrer personne. C'est dans l'incognito le plus absolu que Vernon a repris la route qui devait le ramener chez le Mammouth Bleu.

Tous les points délicats se trouvaient éclaircis. Cependant nous sentions qu'il manquait à cette discussion l'opinion de celui qui était le plus autorisé pour porter un jugement. La véritable clef du mystère, c'était l'abbé Laugé qui la détenait. Il avait été le confident, mieux, le confesseur de frère Anselme. Pendant notre entretien, l'abbé était resté sur une réserve prudente. Pour lui faire abandonner son silence, je fus obligé d'en venir à une interrogation directe.

— Vous êtes, monsieur l'abbé, celui d'entre nous qui a le mieux connu frère Anselme. Accepteriez-vous de nous donner votre impression sur cette extraordinaire aventure ?

L'abbé hésita un moment.

— Je ne suis pas un homme de science, nous dit-il, et la valeur de certaines objections m'échappe. Je juge le cahier de frère Anselme d'un point de vue strictement humain. A cet égard, le ton malheureusement trop passionné de ces pages ne semble guère permettre de suspecter les événements qui y sont rapportés. J'ai longtemps réfléchi, je me suis posé maintes questions troublantes, avant de croire à la réalité de ce récit…

— Et vous y avez cru tout de même.

— Si je prétendais le contraire, je n'aurais aucune excuse de vous avoir livré ce manuscrit.

— Vous aviez aussi, pour croire, des raisons très sérieuses et très particulières, sur lesquelles nous comprenons que vous ne puissiez vous expliquer davantage.

— J'ai peut-être les raisons dont vous parlez, fit doucement le prêtre, mais les faits que vous connaissez paraissent ne laisser aucun doute sur le sort de frère Anselme.

— Vous êtes persuadé, monsieur l'abbé, que Vernon est retourné chez le Mammouth Bleu ?

— Je le crois, oui, fit-il d'une voix sourde, un peu tremblée.

Cet aveu du prêtre semblait donner au problème sa solution dernière.

— Au point de vue religieux, demanda Jarain, l'hypothèse de ces mammouths ne vous inspire aucune méfiance ?

— Les voies de Dieu sont impénétrables, répondit l'abbé. Si, quelques fois, nous ne comprenons pas, il faut simplement nous incliner plus bas, et nous souvenir avant tout de notre misère.

Il y eut un silence.

— ...Et il faut aussi avoir pitié ! continua le prêtre. La pitié, c'est le signe de l'âme ! Frère Anselme a terriblement souffert.

Il hésita un instant :

— L'oubli, ajouta-t-il d'une voix sourde, ce dut être pour lui une tentation terrible.

Je comprenais que le prêtre faisait une dernière tentative pour sauver à nos yeux la mémoire de frère Anselme.

— L'oubli ! fit Etchepare sceptique, la loi de l'Ohim ! Vous pensez que Vernon...

L'abbé baissa la tête. Croisant les mains, il resta un moment silencieux.

...Et nous comprîmes qu'il priait.

Peu après, il se leva, s'excusant de ne pouvoir rester davantage. Il prit congé de Jarain et du juge. Je le reconduisis jusqu'à la porte.

— Un grand malheureux ! me dit-il en se séparant de moi. Une effrayante destinée !

Je retrouvais Etchepare essayant de convaincre Jarain de l'intérêt que pourraient présenter de nouvelles recherches.

— L'abbé ne vous a fait aucune confidence ? me demanda Etchepare.

— Aucune. Le sort de Vernon ne paraît que trop certain.

— Il est tout de même pénible, fit Jarain, de penser qu'un savant de cette valeur...

— Lorsqu'on a aimé en pays basque, interrompit Etchepare, sachez qu'on n'en guérit jamais ! L'oubli ! continua-t-il d'un ton méprisant, laissons cette illusion au prêtre ! C'est pour Elle qu'il est parti ! Seulement pour Elle !

— Et maintenant ? demanda Jarain.

— Maintenant, il est devenu son esclave, pardieu ! Ou plutôt, comme il le disait si bien lui-même : leur esclave !

— Une telle abdication !

Etchepare haussa les épaules et répondit :

— Puisqu'il l'aimait !

BIBLIOGRAPHIE SOMMAIRE

Sous le nom de Luc Alberny

Le Glaive sur le Monde, Éditions Radot, Paris, 1928.

L'Enlèvement de la Cité, "À la Porte d'Aude", "Collection des écrivains audois", (287 exemplaires, avec un portrait de l'auteur et un dessin au trait de Jacques Ourtal), Éditions d'Art Jordy, Carcassonne, 1930.

L'Étrange Aventure du Professeur Pamphlegme, Éditions Eugène Figuière, Paris, 1933.

Le Mammouth Bleu, "Bibliothèque du Hérisson", (il a été tiré de cet ouvrage vingt-cinq exemplaires sur papier pur fil numérotés de 1 à 25), Société Française d'Éditions Littéraires et Techniques, Edgar Malfère, Directeur, Paris, 1935.

Le Retour de Trencavel. La Nuit de la Reine Carcas, H.G. Peyre, Paris, 1936.

Sous le nom du Docteur Edmond Astruc :

Les origines du mot Leucate, Mémoires de la Société des arts et des sciences de Carcassonne, 3ème série, tome X, 1953, pp. 88-89.

L'ermitage de St-Pierre à Leucate, Mémoires de la Société des arts et des sciences de Carcassonne, 3ème série, tome X, 1953, p. 89.

Quéribus (à propos de l'étude de M. Niel), Mémoires de la Société des arts et des sciences de Carcassonne, 4ème série, tome I, p. 55.

Expédition organisée en 1636 par les religieuses de Prouille pour s'emparer du château de Fenouillet, Mémoires de la Société des arts et des sciences de Carcassonne, 4ème série, tome II, p. 30.

M. de Sourdis, archevêque, amiral et quelque peu pirate, Mémoires de la

Société des arts et des sciences de Carcassonne, 4ème série, tome II, pp. 173-190.

Analyse du livre du Dr Mourgues "d'Ogino à Pavlov", Mémoires de la Société des arts et des sciences de Carcassonne, 4ème série, tome III, 1957, pp. 309-311.

Insula Lici et Sainte-Lucie, Mémoires de la Société des arts et des sciences de Carcassonne, 4ème série, tome III, pp. 81-82.

La Comtesse du Barry, favorite de Louis XV, descendait-elle des du Barri de Leucate ?, Mémoires de la Société des arts et des sciences de Carcassonne, 4ème série, tome III, pp. 83-98.

Les Béguins de l'île d'Aute, Mémoires de la Société des arts et des sciences de Carcassonne, 4ème série, tome IV, 1960, pp. 101-109.

Les débuts des chemins de fer dans l'Aude, Mémoires de la Société des arts et des sciences de Carcassonne, 4ème série, tome IV, 1962, pp. 281-286.

Sur Luc Alberny :

Entrée "ALBERNY (Luc)" dans Pierre Versins : *Encyclopédie de l'utopie, des voyages extraordinaires et de la science fiction*, L'Âge d'Homme, Lausanne, 1972.

SOMMAIRE :